CB074949

A PEÇA TEATRAL **A VIAGEM DE UM BARQUINHO** GANHOU OS SEGUINTES PRÊMIOS:
- PRIMEIRO LUGAR NO CONCURSO NACIONAL DE TEXTOS PARA TEATRO INFANTIL DA FUNDAÇÃO TEATRO GUAÍRA – CURITIBA, PARANÁ (1975).
- II PRÊMIO SNT (CONCEDIDO PELO SERVIÇO NACIONAL DO TEATRO, DO MINISTÉRIO DA EDUCAÇÃO E CULTURA) – MELHORES ESPETÁCULOS DA CIDADE DE SÃO PAULO (1976).
- PRÊMIO MOLIÈRE DE INCENTIVO AO TEATRO INFANTIL (1978).

SYLVIA ORTHOF

A VIAGEM DE UM BARQUINHO

TATIANA PAIVA
ILUSTRAÇÕES

1ª edição
FTD

FTD

Copyright © herdeiros de Sylvia Orthof, 2015
Todos os direitos reservados à
EDITORA FTD S.A.
Matriz: Rua Rui Barbosa, 156 – Bela Vista – São Paulo – SP
CEP 01326-010 – Tel. (0-XX-11) 3598-6000
Caixa Postal 65149 – CEP da Caixa Postal 01390-970
Internet: www.ftd.com.br
E-mail: projetos@ftd.com.br

Diretora editorial	Ceciliany Alves
Gerente editorial	Valéria de Freitas Pereira
Editores assistentes	J. Augusto Nascimento e Luís Camargo
Preparadora	Bruna Perrella Brito
Revisora	Regina C. Barrozo
Editora de arte	Andréia Crema
Projeto gráfico e capa	Raquel Matsushita
Diagramação	Cecilia Cangello	Entrelinha Design
Editoração eletrônica	Paulo Minuzzo
Diretor de operações e produção gráfica	Reginaldo Soares Damasceno

Sylvia Orthof nasceu no Rio de Janeiro, em 1932. Uma das mais importantes escritoras brasileiras de literatura infantojuvenil, escreveu cerca de 120 títulos, entre narrativas em prosa e verso, teatro e poesia. Sua obra tem sido objeto de vários estudos universitários. Recebeu inúmeros prêmios, tais como o Jabuti, APCA, FNLIJ e Menção Especial no catálogo White Ravens, da Biblioteca Internacional da Juventude, Munique, Alemanha, em 1996. Faleceu em 1997.

Dados Internacionais de Catalogação na Publicação (CIP)
(Câmara Brasileira do Livro, SP, Brasil)

Orthof, Sylvia, 1932-1997.
 A viagem de um barquinho / Sylvia Orthof; ilustrações Tatiana Paiva. – 1. ed. – São Paulo: FTD, 2015.

 ISBN 978-85-20-00096-0

 1. Literatura infantojuvenil I. Paiva, Tatiana. II. Título.
15-00852 CDD-028.5

Índices para catálogo sistemático:
 1. Literatura infantil 028.5
 2. Literatura infantojuvenil 028.5

A peça teatral *A viagem de um barquinho* foi publicada em *Cinco textos para teatro: coletânea das peças premiadas no Concurso Nacional de Textos para Teatro Infantil* pela Fundação Teatro Guaíra (1975). A adaptação para conto em verso foi publicada pelas editoras Nova Fronteira (1986) e Moderna (1995).

A - 823.121/24

Para a querida Ana Maria Machado, com o agradecimento do barquinho pelo início da viagem.

VIAJANDO SEM PARAR   6

A VIAGEM DE UM BARQUINHO   11

PEÇA TEATRAL   40

VIAJANDO SEM PARAR

Fico feliz em ver que *A viagem de um barquinho* ganha nova edição e continua ao alcance dos leitores brasileiros. Não apenas porque nosso público merece. Mas também porque me sinto totalmente madrinha e descobridora desse texto, com o qual a autora ganhou prêmios e abriu portas. E, mais ainda, porque essa peça me fez ganhar uma amiga querida, da qual sinto muitas saudades – a própria Sylvia Orthof.

Conto pra vocês como foi.

Em 1974 eu fazia crítica de Teatro Infantil no *Jornal do Brasil*. Fui convidada a participar do júri de premiação do Concurso de Dramaturgia Infantil do Teatro Guaíra, em Curitiba. Li um monte de peças inéditas e havia algumas muito boas, dignas de serem finalistas. Mas um dos textos tinha tanta qualidade que me arrebatou. Eu não tinha dúvida de que iria votar nele e brigar por sua premiação, quando chegasse a hora da reunião do júri.

Ao se iniciar a reunião, os cinco jurados começamos definindo quais indicaríamos para finalistas. Houve alguma discussão e um rápido consenso em relação a cinco títulos. Mas, a partir daí, não houve mais discussão alguma. Todos estávamos de acordo que o vencedor deveria ser *A viagem de um barquinho*. Até aí, não sabíamos de quem era a autoria. Abrimos então o envelope identificador, e lá estava o nome de Sylvia Orthof. Não a conhecíamos. Apenas um dos membros do júri lembrava vagamente que alguém com esse nome criara um Teatro do Candango, em Brasília, logo após a inauguração da nova capital.

Telefonamos à vencedora para comunicar. Nem deu para explicar nada. Bastou que ela ouvisse a frase:

– Você acaba de ganhar o prêmio...

Começou a gritar e a rir do outro lado da linha, largou o telefone fora do gancho e nos deixou falando sozinhos.

Só mais tarde, em outra tentativa, um dos diretores do Guaíra conseguiu falar com ela e explicar do que se tratava. Mas ficou com uma sensação esquisita. Como se ela não estivesse mais achando tão bom. Pelo contrário, parecia algo desapontada.

Como eu voltava de Curitiba para o Rio no dia seguinte, ele me pediu que procurasse a ganhadora e levasse em mãos o comunicado oficial de sua vitória. Foi assim que fui parar no apartamento de Sylvia, no bairro de Laranjeiras. E fiquei amiga dela. Tão amiga que entendi o desapontamento, quando soube da história.

Fazia meses que ela havia feito a inscrição para o concurso. Passou tanto tempo que nem lembrava mais. E andava muito preocupada era com outra coisa: como é que ia pagar as contas da família, o colégio dos filhos, a manutenção da casa? Os tempos eram bicudos, a inflação era galopante, o dinheiro andava curto, ainda mais para uma artista viúva com filhos. E então resolvera arriscar a sorte. Comprou um bilhete de loteria e começou a fazer planos de como iria dar um jeito na vida se ganhasse. Quando recebeu o telefonema e alguém lhe disse que acabava de ganhar um prêmio, nem pensou em texto de teatro infantil. Saiu aos pulos pela casa festejando que tinha ficado milionária com a loteria.

Pois é, não ficou. Mas quem ganhou foi a literatura infantil brasileira. Em primeiro lugar, porque Sylvia, premiada, conseguiu produzir a montagem de sua peça, numa encenação maravilhosa e inesquecível. Além disso, animada, no ano seguinte resolveu concorrer outra vez ao mesmo concurso. Era outro júri, só dois jurados se mantinham. Eu entre eles. Ao abrirmos o envelope identificador do ganhador *Eu chovo, tu choves, ele chove*, lá estava mais uma vez o nome de Sylvia Orthof. Novamente por unanimidade. Era a consagração.

Diante dessa confirmação, comecei a insistir com Sylvia para que não se limitasse ao teatro e passasse também a escrever histórias infantis. Nessa ocasião, Ruth Rocha era editora da revista *Recreio*, que toda semana publicava um conto inédito para crianças. Recomendei-lhe que lesse os dois textos teatrais e, se gostasse, encomendasse algo a Sylvia. Foi o que ela fez, entusiasmada. Claro que as histórias foram aceitas e publicadas. Um sucesso. E eu, toda feliz com minha "afilhada" literária, um dia ouvi a confissão que ela me fazia, meio sem jeito:

– Acho que a Ruth não gosta do que escrevo.

– Como assim? A toda hora ela está publicando suas histórias...

– Impressão sua, que está de fora. Na verdade, ela só quis ficar com doze.

Descobri então que, quando Ruth pedira que Sylvia mandasse algumas histórias, ela tinha sentado diante da escrivaninha e redigido mais de cinquenta, enviando todas. Ora, a revista era semanal. Se fosse publicar todas, não sobrava espaço para mais ninguém. E era um grupo de autores que se revezavam. Entre eles, Joel Rufino dos Santos, Marina Colasanti, Sonia

Robatto, Carlos Lombardi, Flavio de Souza, a própria Ruth e eu. Ao selecionar doze contos de Sylvia, Ruth Rocha já estava lhe garantindo a publicação de um por mês.

Sugeri que a nova autora oferecesse as histórias restantes a editoras, para que fossem publicadas em livros.

– Só se ela me devolver. Mas ficou com tudo.

– Leve as cópias.

– Cópias? Como assim?

Estarrecida, constatei que Sylvia não fizera cópia de texto algum e mandara todos os originais para a *Recreio*, num único envelope. Liguei correndo para Ruth, com medo de que tivessem tido algum destino inglório. Mas ainda estavam numa gaveta, foram devidamente copiados e devolvidos. Aí foi uma questão de apresentar as histórias de Sylvia às editoras. E correr para o abraço, após a goleada.

Conto isso, porque é tudo a cara dela. Um talento transbordante, uma criatividade sem freios, uma espontaneidade total. E um senso de humor inigualável, irreverente, próximo das fontes populares e herdeiro dos grandes comediantes e humoristas de todos os tempos. Tudo junto na construção de uma obra única, pessoal, que jamais se afasta do sentido ético, mas nunca parece lição.

E tudo começou aqui, com este texto, com esta *A viagem de um barquinho* que você tem em suas mãos. É só sair agora, navegando sem parar.

Boa viagem.

ANA MARIA MACHADO

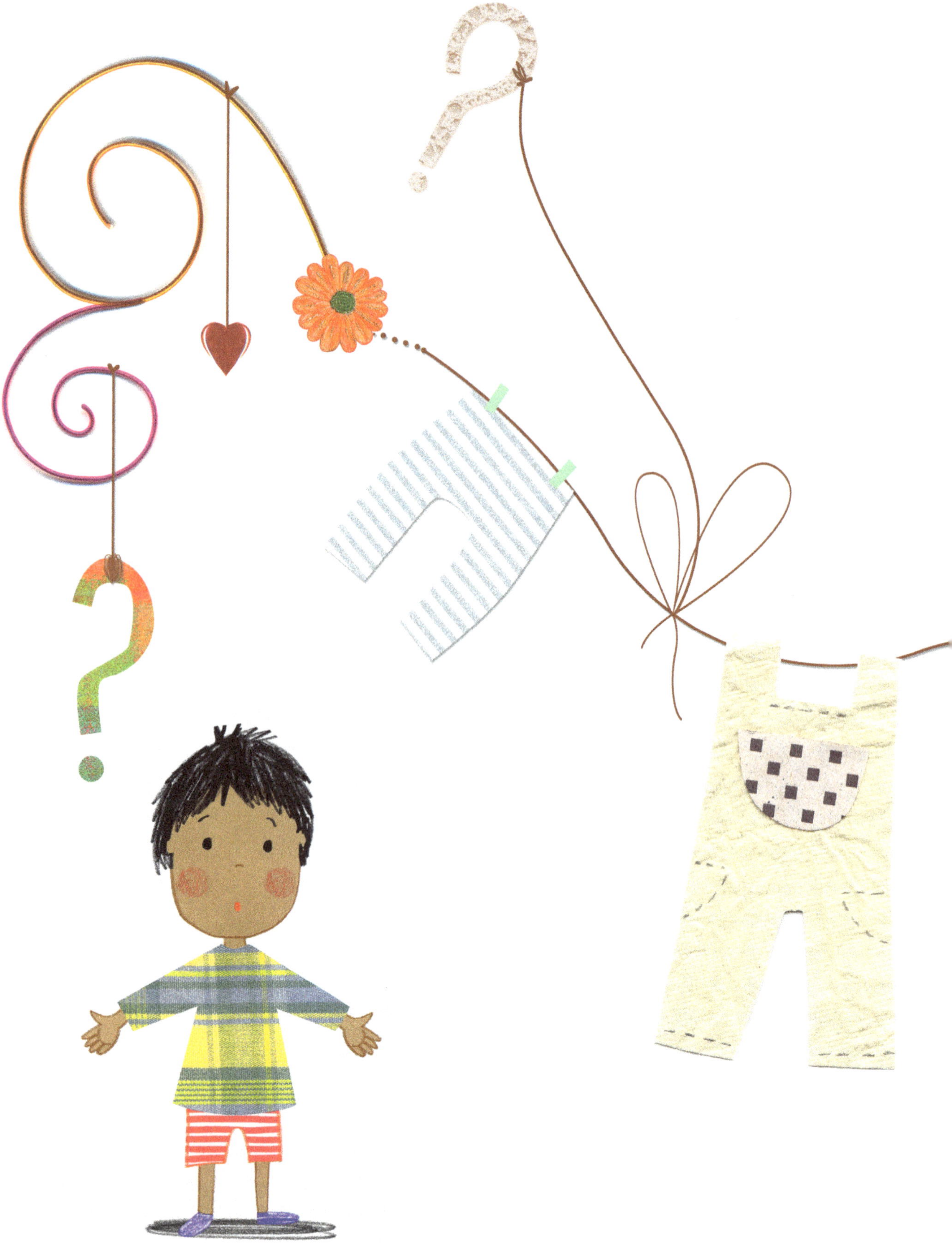

Era uma vez um menino
chamado Chico Eduardo,
que perdeu o seu barquinho
feito de papel dobrado.
Seu barquinho de jornal,
tal e qual.

E era uma lavadeira,
meio doida e engraçada,
que foi lavar sua roupa
num lugar, assim, sem água.

Um lugar de varal branco,
tudo branco ao seu redor.
Não tinha azul de rio?
Que horror!

– Tudo branco, branco, branco,
assim eu não lavo nada!
Preciso de azul de água,
cadê a cor azulada? –
disse a doida lavadeira,
nervosa e apressada.

– Vou inventar o meu rio
do azul de um longo trapo,
vai ser rio de brinquedo,
lindo rio de farrapo!

De dentro de sua trouxa
puxou um rio de pano.
O rio saiu pulando
em busca do oceano.

O barquinho do menino
viu o rio inventado,
saiu, fugindo-se embora,
sem demora!

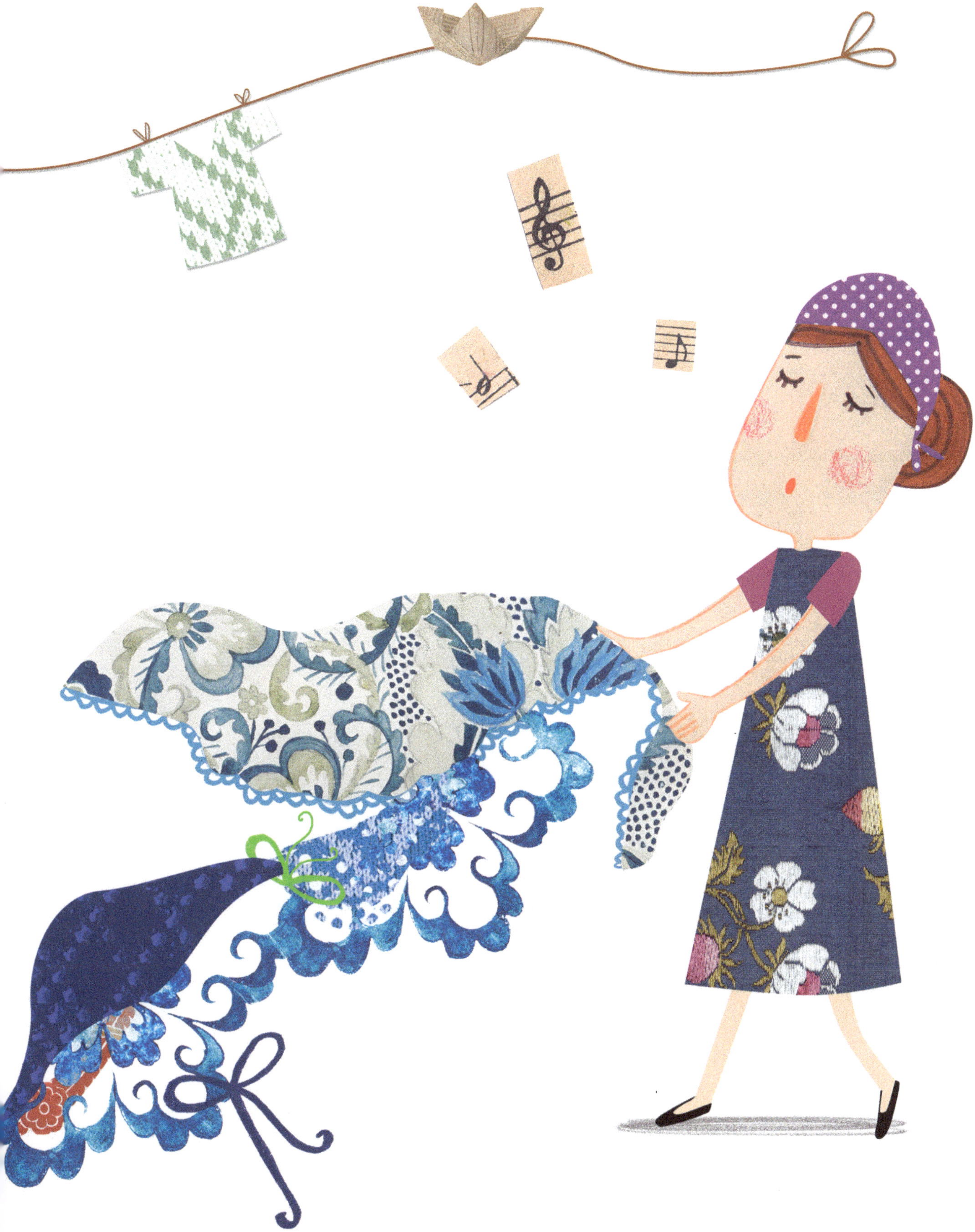

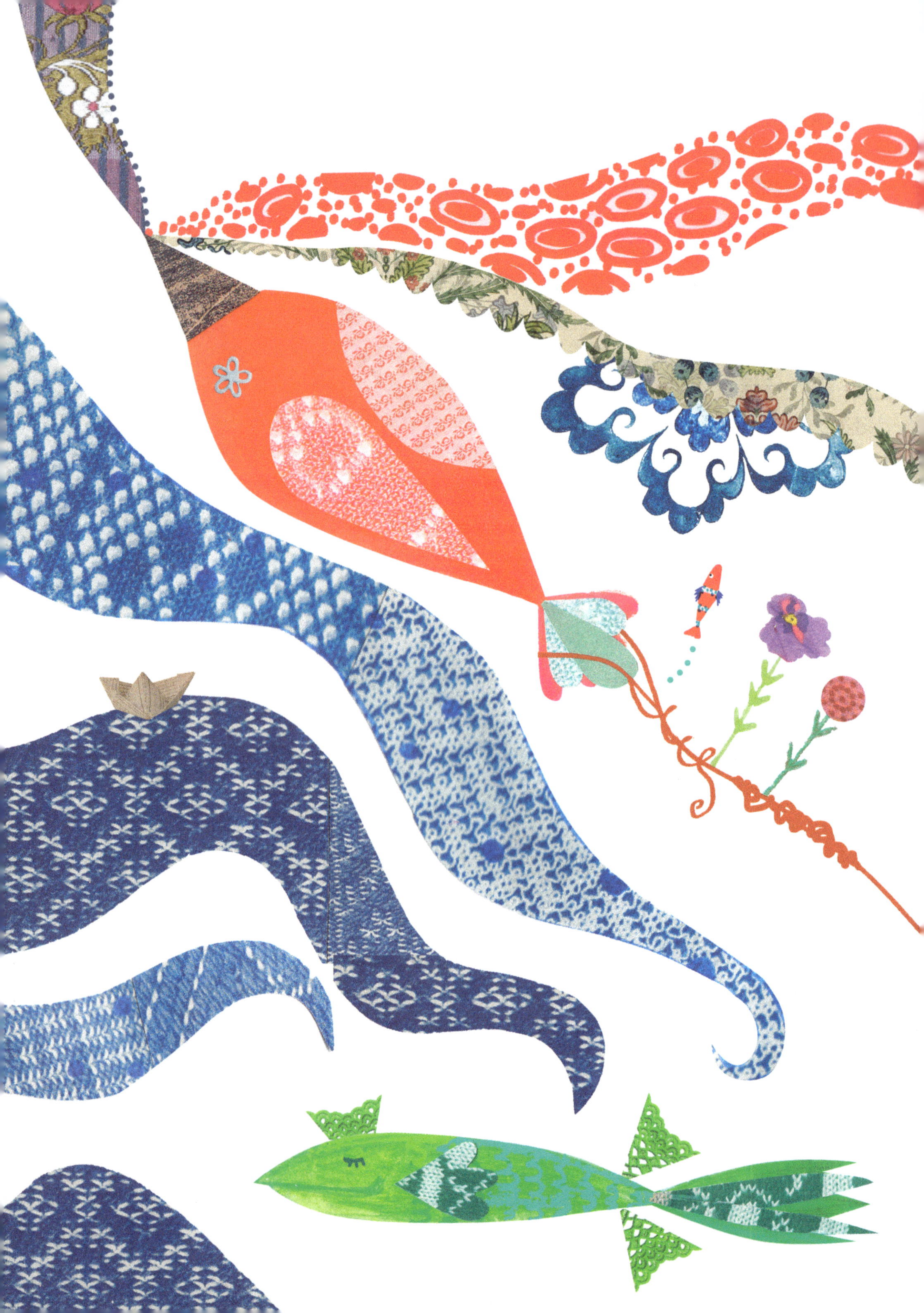

O menino, abandonado,
sem o amigo barquinho,
chorou, tão triste e sozinho,
coitadinho!

E a dona lavadeira,
vendo aquela aflição,
perguntou pro garotinho:

– Tens um espinho na mão?
Espetaste o teu chulé
com um espinho no pé?

– Não, dona lavadeira, não!

– Estás com a barriga inchada
por um vento atravessado?
Por que choras, meu menino,
assim, tão desesperado?

– Eu perdi o meu barquinho
por este rio de pano,
tenho medo que se afogue
nas ondas do oceano!

Ele é meu, fui eu que fiz
meu barquinho, todo meu...
Por este rio azulado
meu barquinho se perdeu!

Eu era o seu marinheiro,
ele era meu navio.
Ai, senhora lavadeira,
a culpa é deste rio!

A lavadeira e o menino
resolveram viajar,
e foram atrás do barco,
caminho de rio-mar.

Levaram uma patinete,
um carrinho, muitas bolas,
levaram trecos, sacolas,
um bolo de aniversário
(talvez fosse necessário)
pra viagem-brincadeira.
A mala era um enorme,
torto, carrinho de feira.

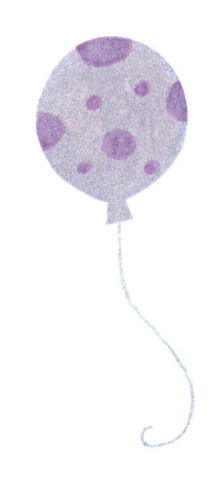

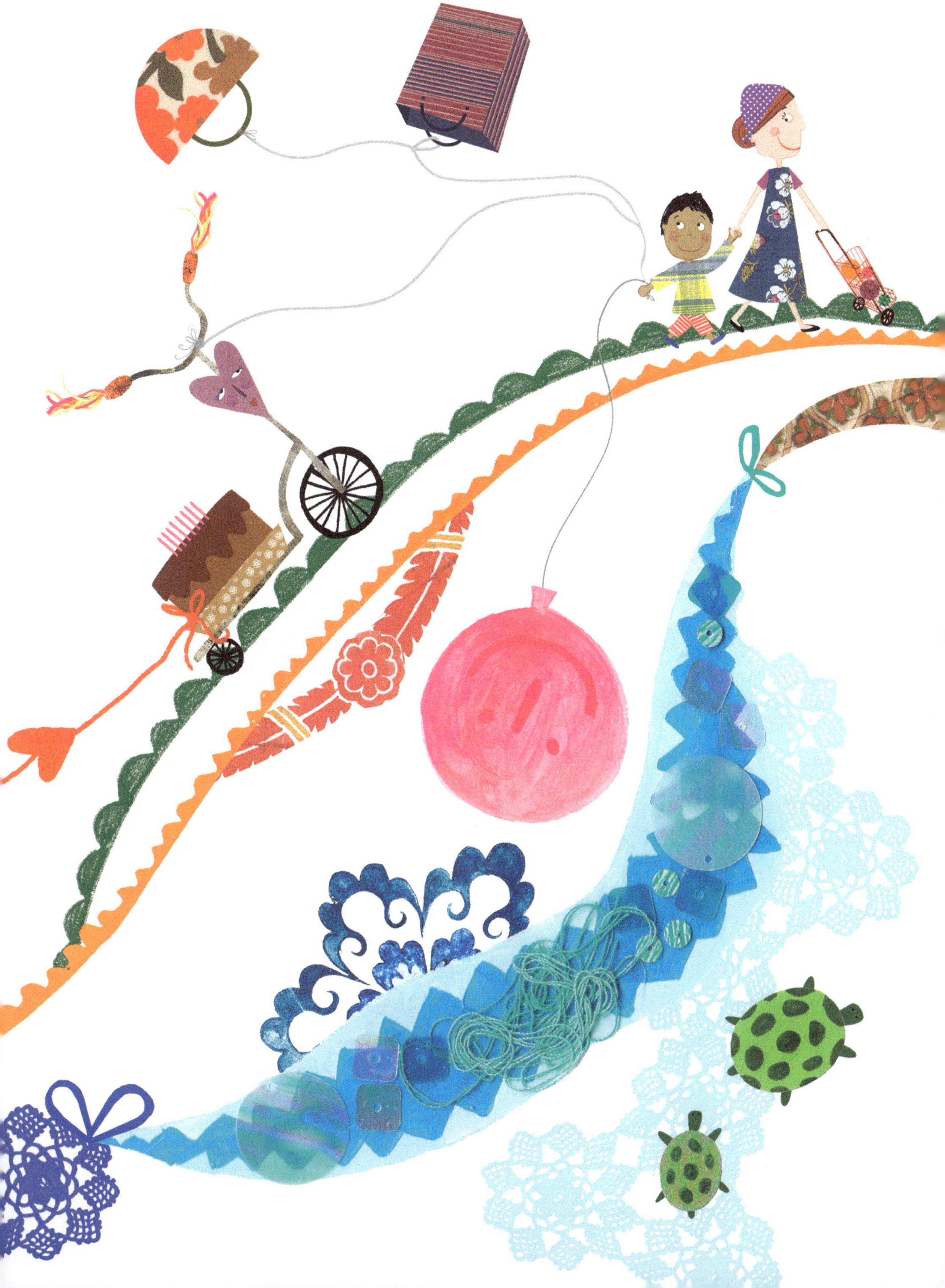

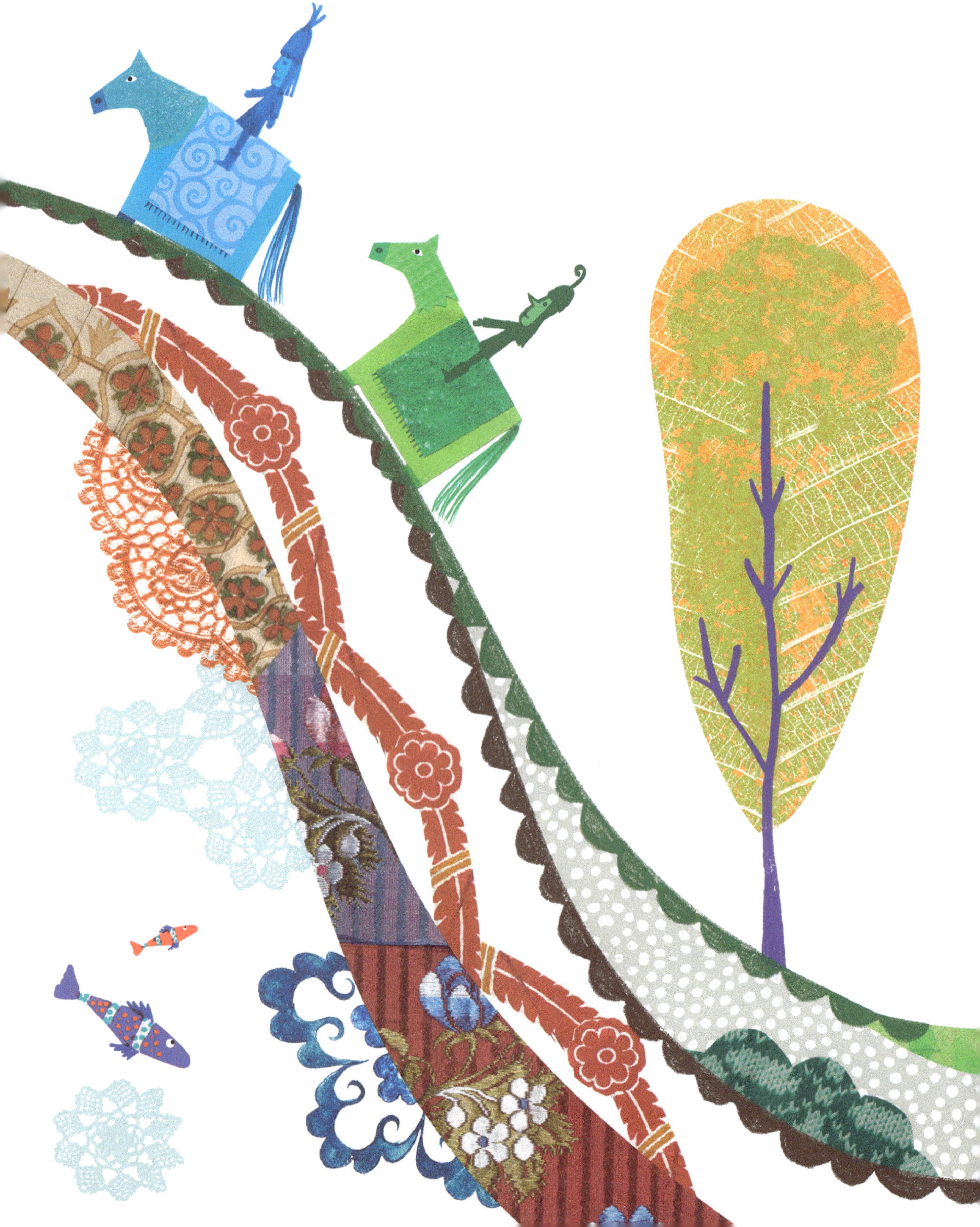

– Toda viagem é uma festa,
não gosto de levar mala.
Viagem organizada,
pra mim... não gosto, não presta!
– dizia rindo e sorrindo,
andando de patinete,
a doida da lavadeira,
que se chamava Elisete.

Encontraram um cavaleiro,
todo verde, em seu cavalo,
e um outro, todo azul,
num cavalo azulado.

O verde montava o verde...
o azul, no azul montado,
cada qual na sua cor,
tudo muito combinado.
Se você não entendeu,
veja o desenho do lado!

– Senhores, meus cavaleiros,
será que viram passar
meu barquinho fugitivo
que corria para o mar?

Era da cor da saudade,
da cor de jornal dobrado,
da cor de um amor perdido
de anúncio classificado!

Ele fugiu pelo rio,
tão lindo era o meu veleiro!
Ele era meu navio,
eu era o seu marinheiro!

– Não sei da cor de um papel,
nem sei de jornal dobrado,
nós somos da raça azul,
ou do tom esverdeado!

Foi quando a patinete,
muito velha e enferrujada,
olhando para um cavalo,
ficou todinha assanhada.
O cavalo deu um salto
e beijou a cara dela.

O verde caiu do verde,
deu um nó na espinhela,
se esparramou no chão duro,
ficou de cara amarela...
O verde virou maduro?

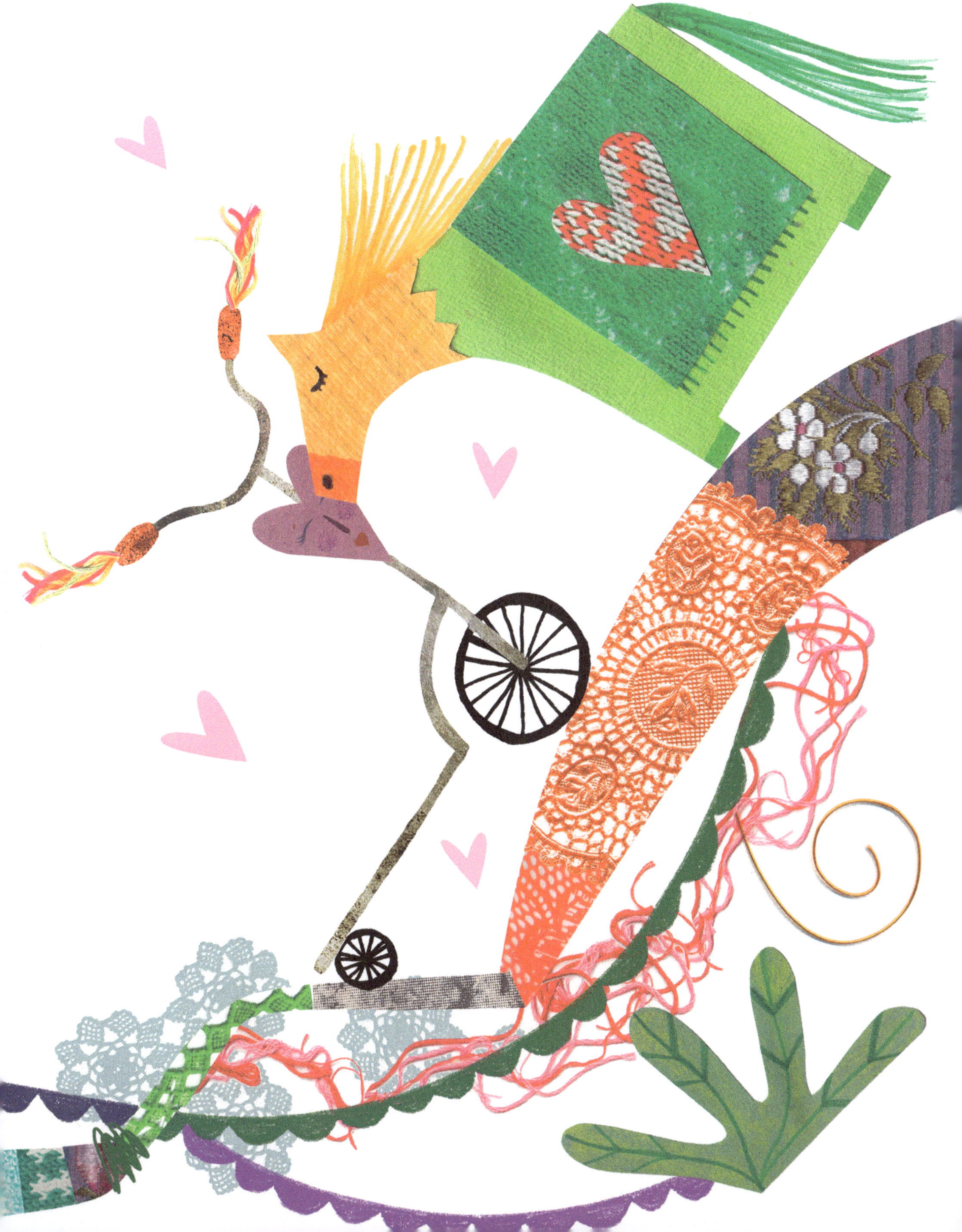

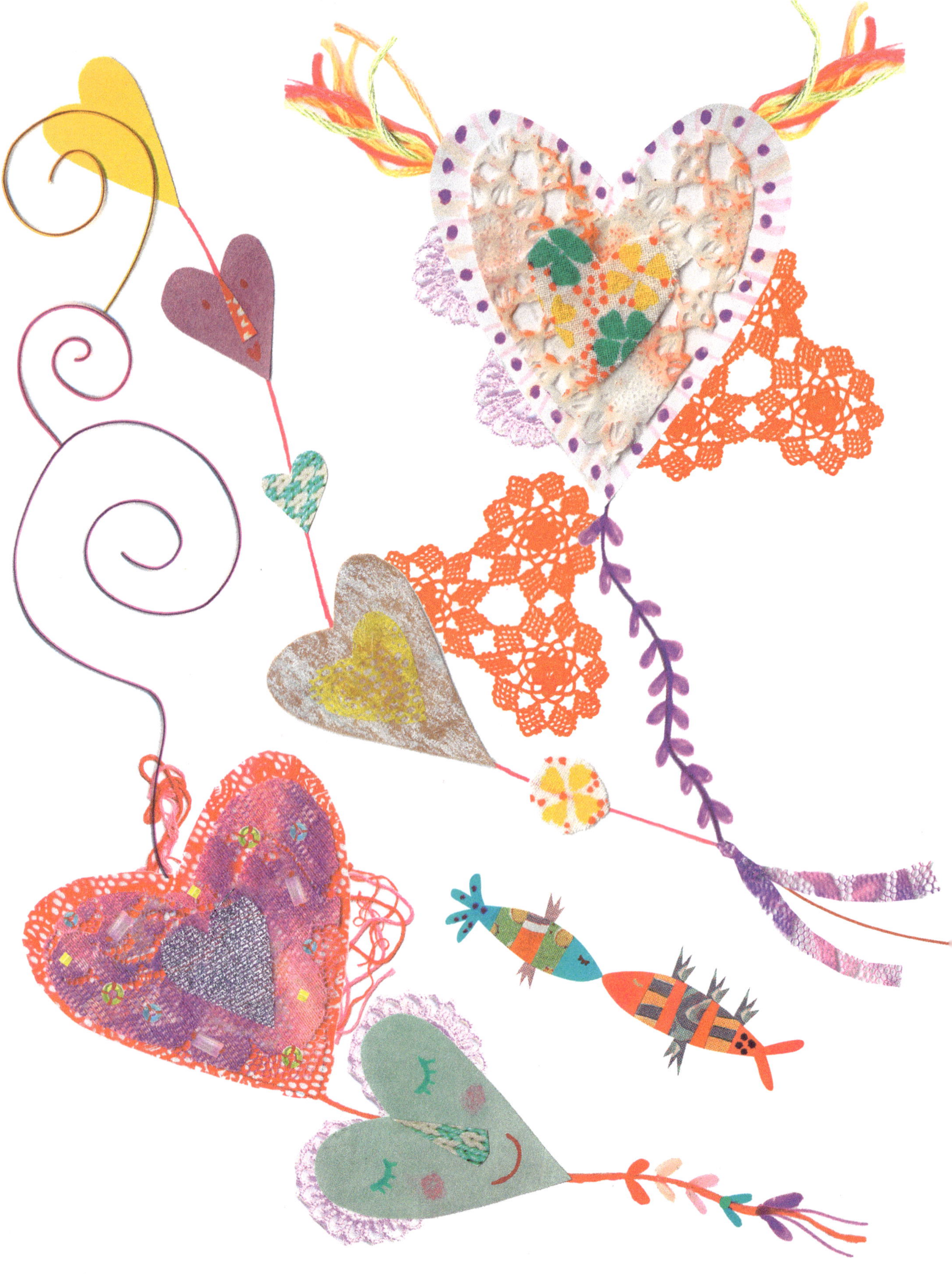

E disse para o menino:
– Deixo aqui o meu cavalo
casado com a patinete,
compreendi que a paixão
as cores todas mistura.
O amor é coisa pura,
coração ninguém segura!

Lá se vão os cavaleiros
montados num só cavalo,
sumindo, muito ligeiros.

– Tudo na vida é mudança,
tudo passa num instante! –
disse a doida Elisete,
beijando a patinete
e seguindo, em despedida,
pelo rio viajante.

– Mas meu barco é pequenino,
ele é meu, eu fabriquei,
nada muda no meu barco...
eu sei, fui eu que dobrei! –
insistiu Chico Eduardo.

– Menino, meu garotinho,
vou te dizer a verdade:
cada passo é um caminho,
todo rio é liberdade!

Eis que aparece um sapo
de olhar arregalado.

– Meu nome é Anastácio,
sou sapo, mas já fui rei
de uma história de fada.
Lavadeira, estás lembrada?

– Lembro da tua ceroula
que lavei na outra história,
era avó da cueca,
eu tenho boa memória! –
disse a doida lavadeira.
Que doideira!

– Nunca mais usei ceroula,
ser sapo é coisa tão boa!
Um sapo mostrando a bunda
é coisa mais que normal.
Um rei pelado, coitado,
todo mundo fala mal! –
disse o sapo da lagoa.

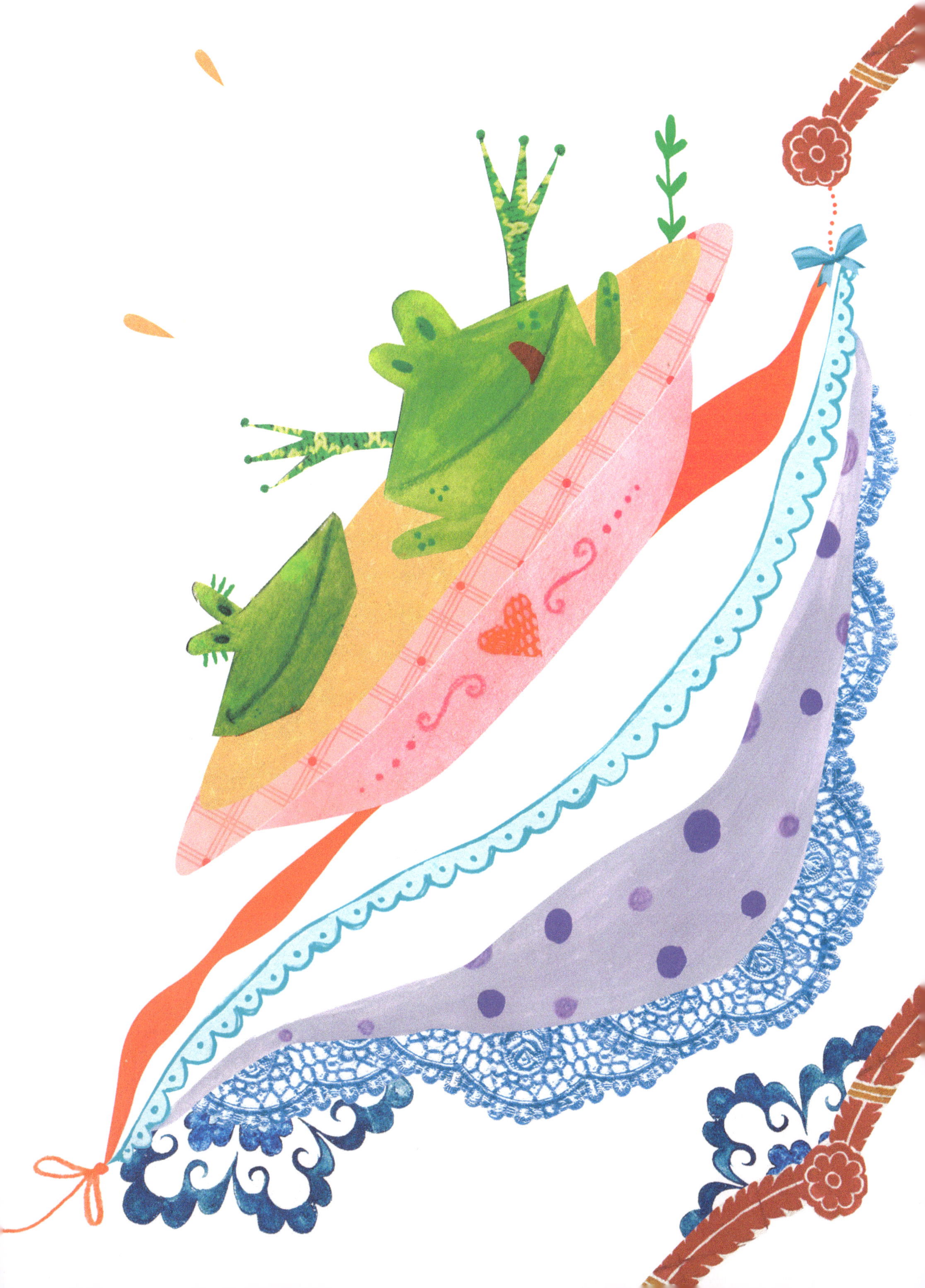

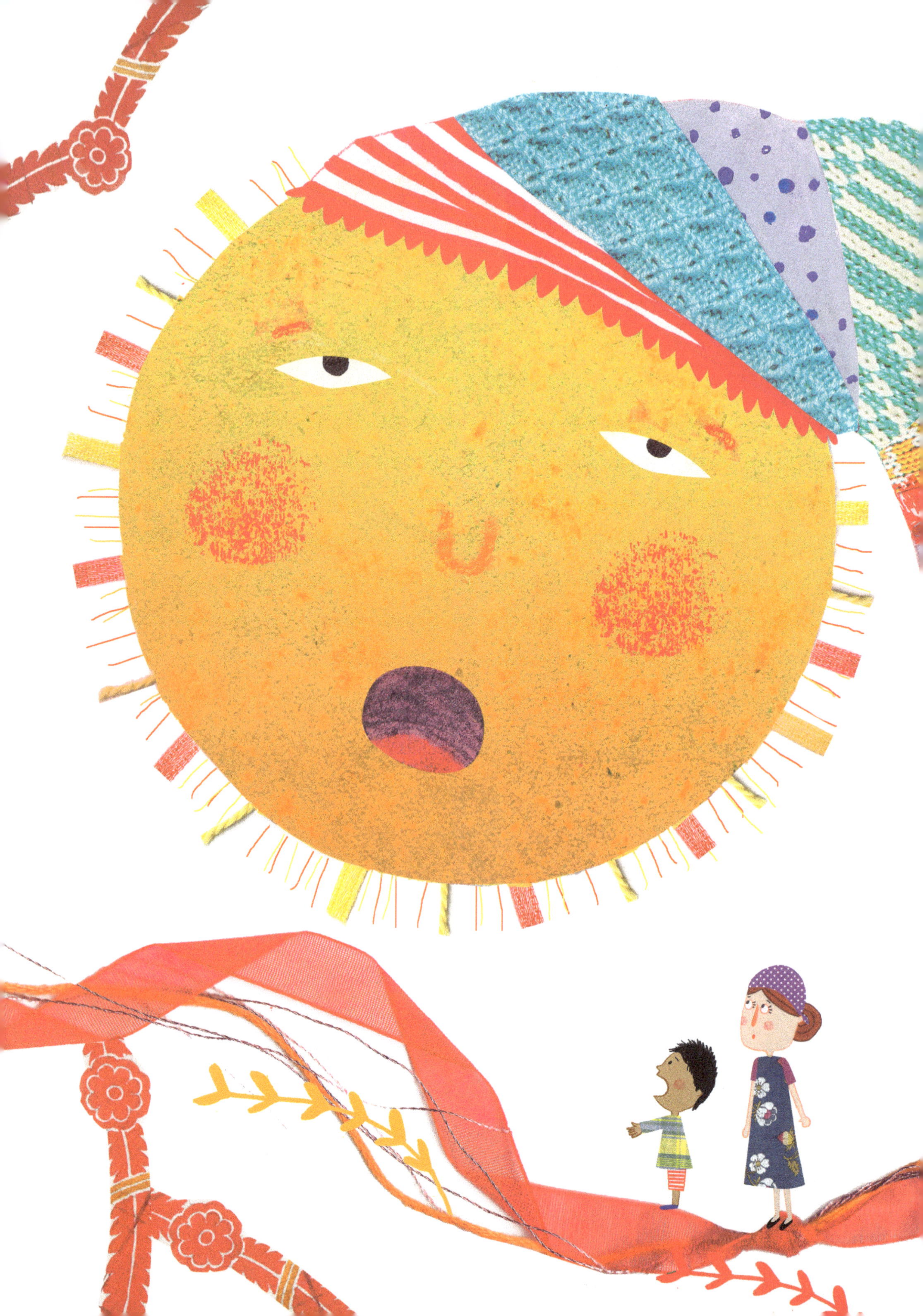

– O senhor viu meu barquinho,
que passou por este lado?

– Não vi, estava dormindo,
vivo sempre ocupado.
Ou durmo ou tomo sopa
com a sapa, minha patroa.
Ser rei é tão complicado...
Ser sapo é que é coisa boa!
Vou dizer uma verdade:
viva, viva a liberdade!

A tarde ficou rosada,
tão diferente e mudada!
Lá vão, seguindo o rio,
a lavadeira e o menino.
O rio é um destino.
O sol caminhou pra cama
do poente, de pijama.

– Seu sol, cadê meu barquinho?
O senhor viu, lá do céu,
um barquinho pequenino,
todo feito de papel?
Ele é meu, eu construí
o tal barquinho fujão!

– Não posso dizer se vi
as coisas que estão no chão,
não posso dizer, eu juro!
Se eu contasse o que visse,
seria um sol dedo-duro!

O sol partiu, ficou escuro,
preto, escuro de verdade.
Aí, acenderam o bolo,
inventaram a claridade,
com velas de aniversário!
Era uma luz clareante
de velinhas coloridas.

Um vaga-lume falante
foi chegando, de repente,
a boca era uma lua
no sorriso do contente:

– Que beleza, que consolo,
eu faço aniversário
e lembraram do meu bolo?

Ai, que bolo encantado,
todo feito de mudança,
tinha o gosto preferido
de quem o saboreasse.

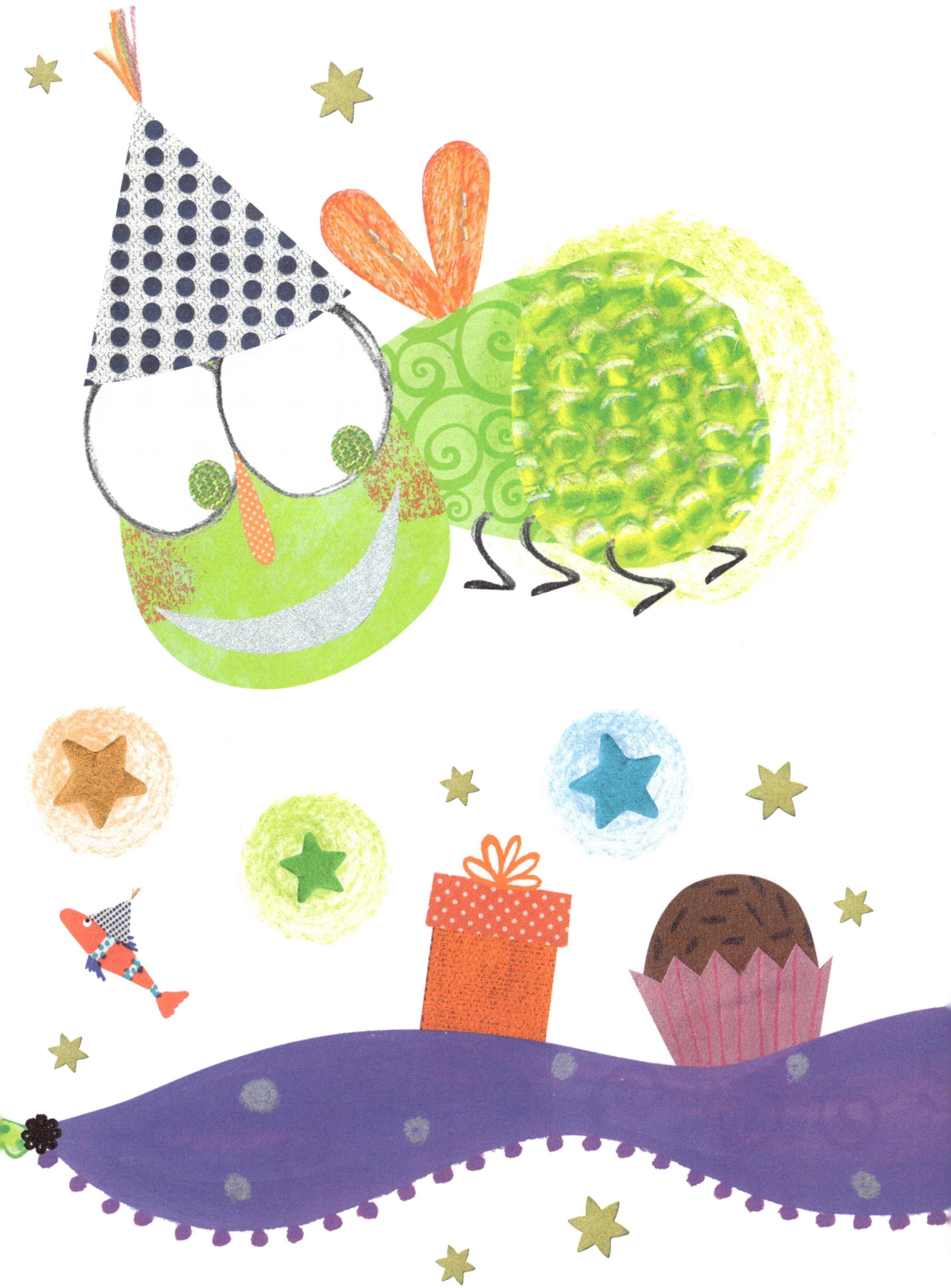

30

– Meu bolo é de alface,
misturado com legume –
dizia, todo criança,
o guloso vaga-lume.

– O meu é de aipim assado,
temperado com goiaba!

– O meu é de brigadeiro,
mastigo, nunca se acaba!

Comeram e adormeceram
e sonharam a noite inteira.
Os sonhos todos secavam
num varal de lavadeira:
estrelas todas molhadas,
lavadas no firmamento,
uma toalha de mesa,
e as asas do pensamento,
um par de meias furadas
que uma bruxa remendava.
Muitas bolhas de sabão,
sopradas por uma fada...

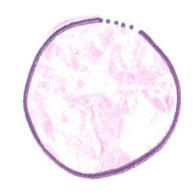

– Ó sonhos de abracadabra,
onde está o meu barquinho?
Este rio nunca acaba?
Ai, nunca termina o rio?
Quero de volta o navio,
eu era seu marinheiro,
cadê meu lindo veleiro?
Fui eu que o fabriquei!

Os sonhos todos disseram:
– Não sei.

Quando o dia amanheceu,
o vaga-lume partira.
Liberdade é uma viagem
de curvas de vira e vira.

E andaram mais um pouco,
um pedaço bem pouquinho,
e encontraram o mar
e sobre o mar... o barquinho!

Ali estava um veleiro,
seu jornal era esquisito,
parecia estrangeiro.
Será que aquele barquinho
viajara o mundo inteiro?
Era um navio bonito,
levava o vento consigo!

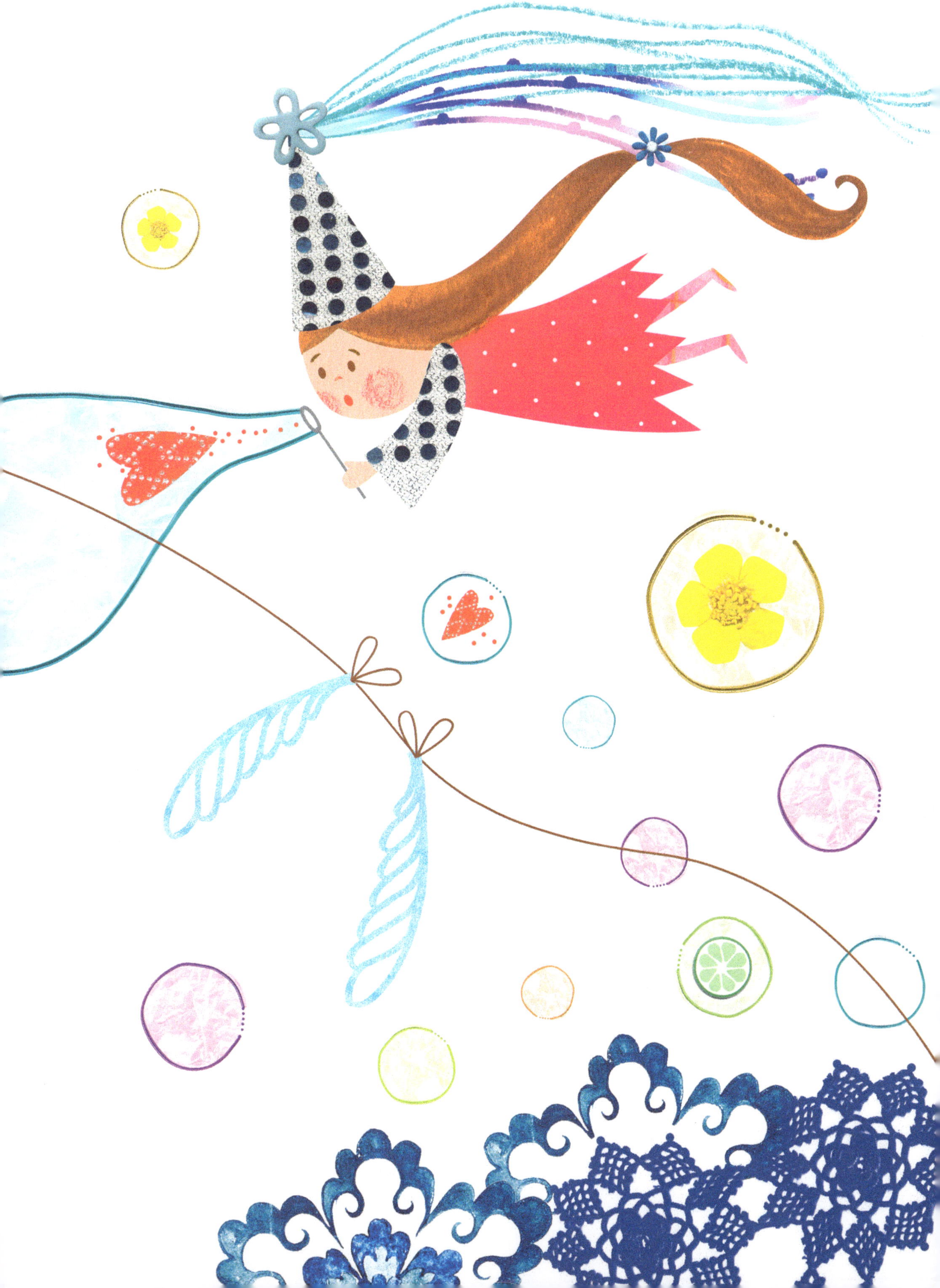

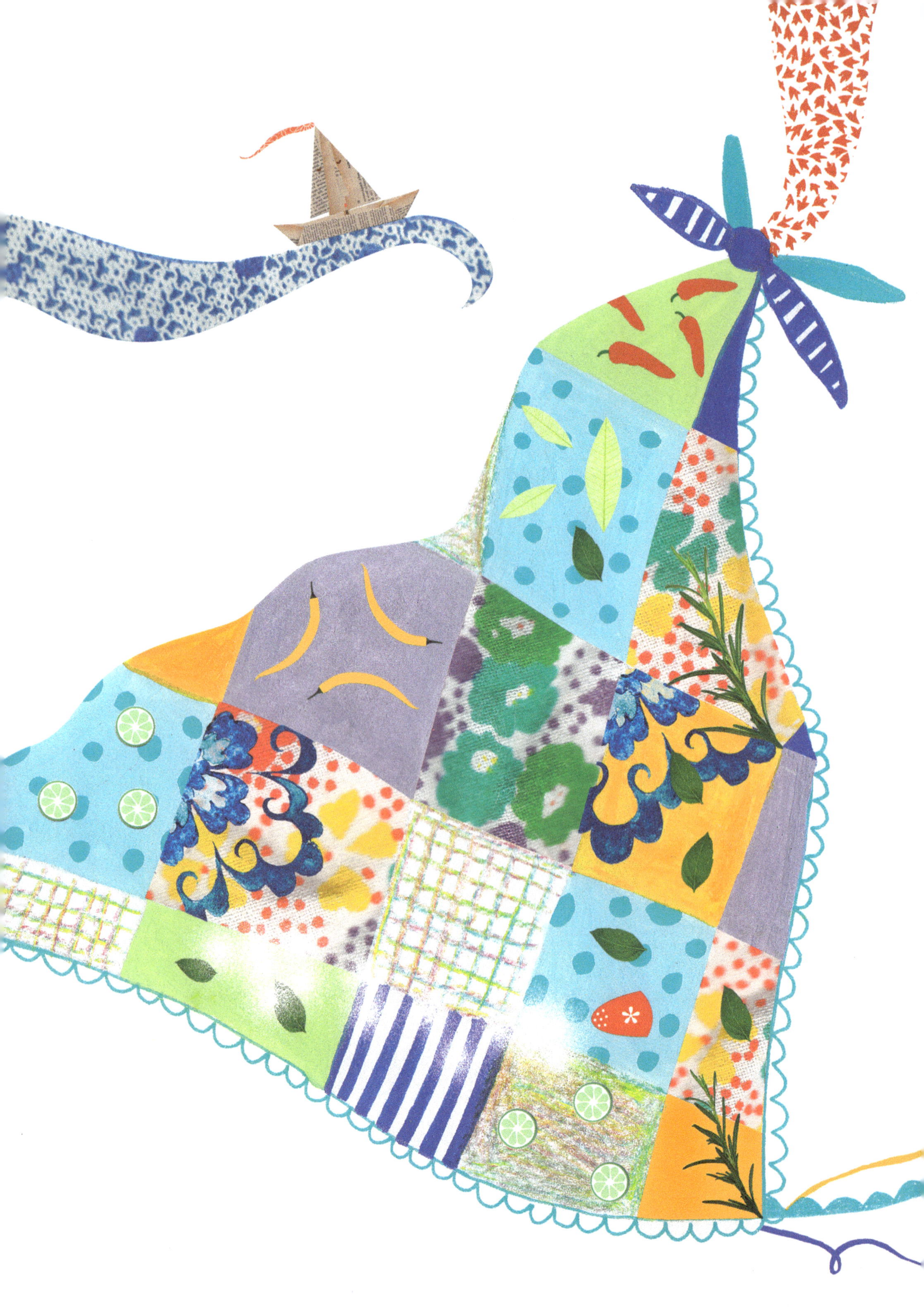

– Meu barquinho, meu amigo,
como você está crescido!
Volta depressa comigo!
Cuidado com o oceano,
venha pro rio de pano! –
gritou, aflito, o menino.

O barquinho balançou,
era dono do destino.

– Menino, ó meu menino,
ai, não me leve a mal,
prefiro o mar de sal!

– Lavadeira, lavadeira,
vamos salgar este pano
pra navegar meu barquinho,
fingindo sal de oceano!
Vamos temperar o rio
com sal, pimenta, cominho,
louro, vinagre e mostarda!

O rio foi temperado,
lambido e aprovado.

– Anda, barquinho, não tarda!
Meu barquinho, olha a hora,
é tempo de vir embora!

O barquinho balançou
e respondeu:
– Eu não vou!

– Ó barquinho, eu te dobrei,
eu te fiz, te fabriquei,
ó barquinho, tu és meu!

– Peço perdão, meu menino,
a viagem é meu destino.
Vou dizer uma verdade:
sou veleiro e liberdade,
já provei gosto do mar...
Não dá mais, não vou voltar!

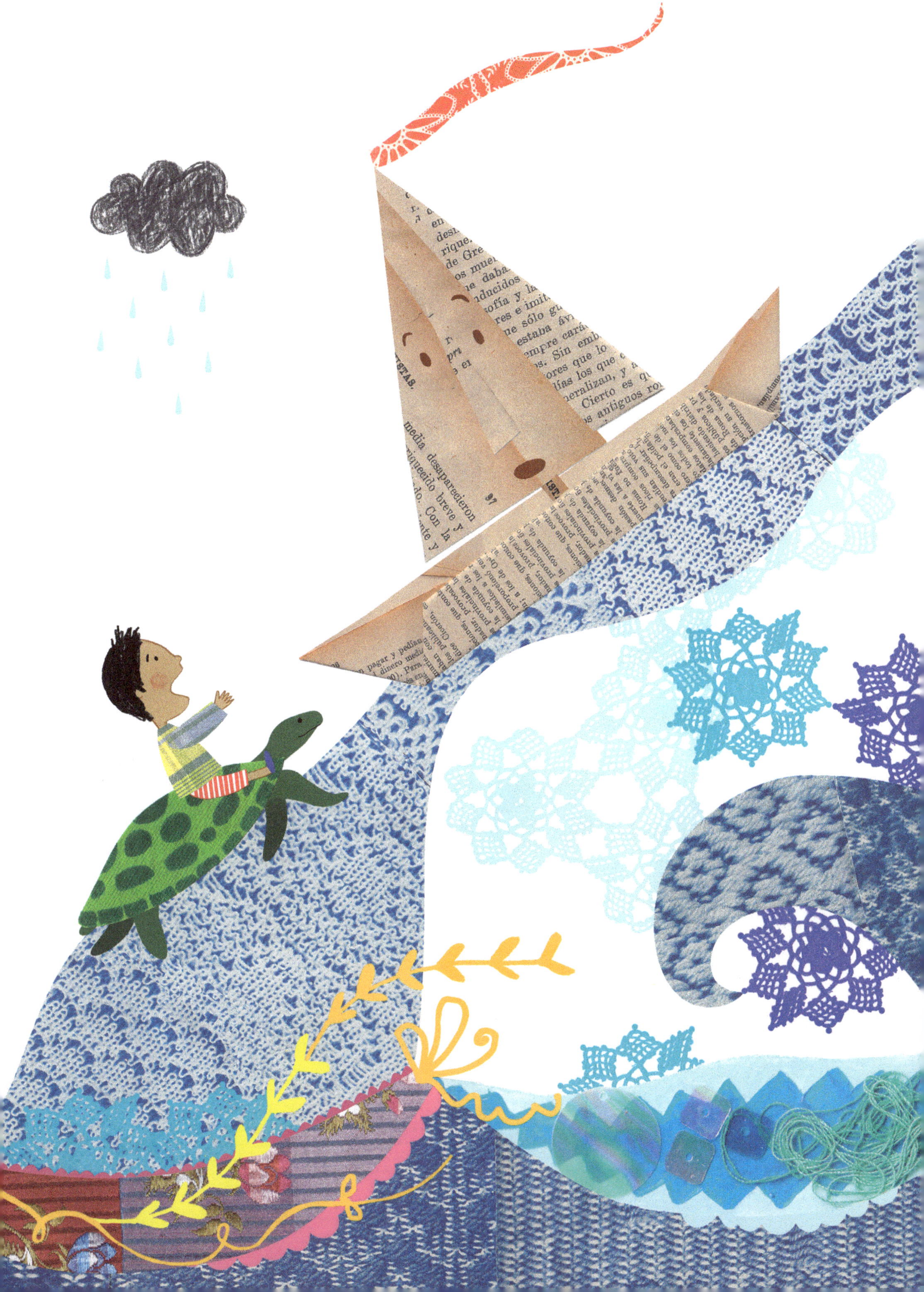

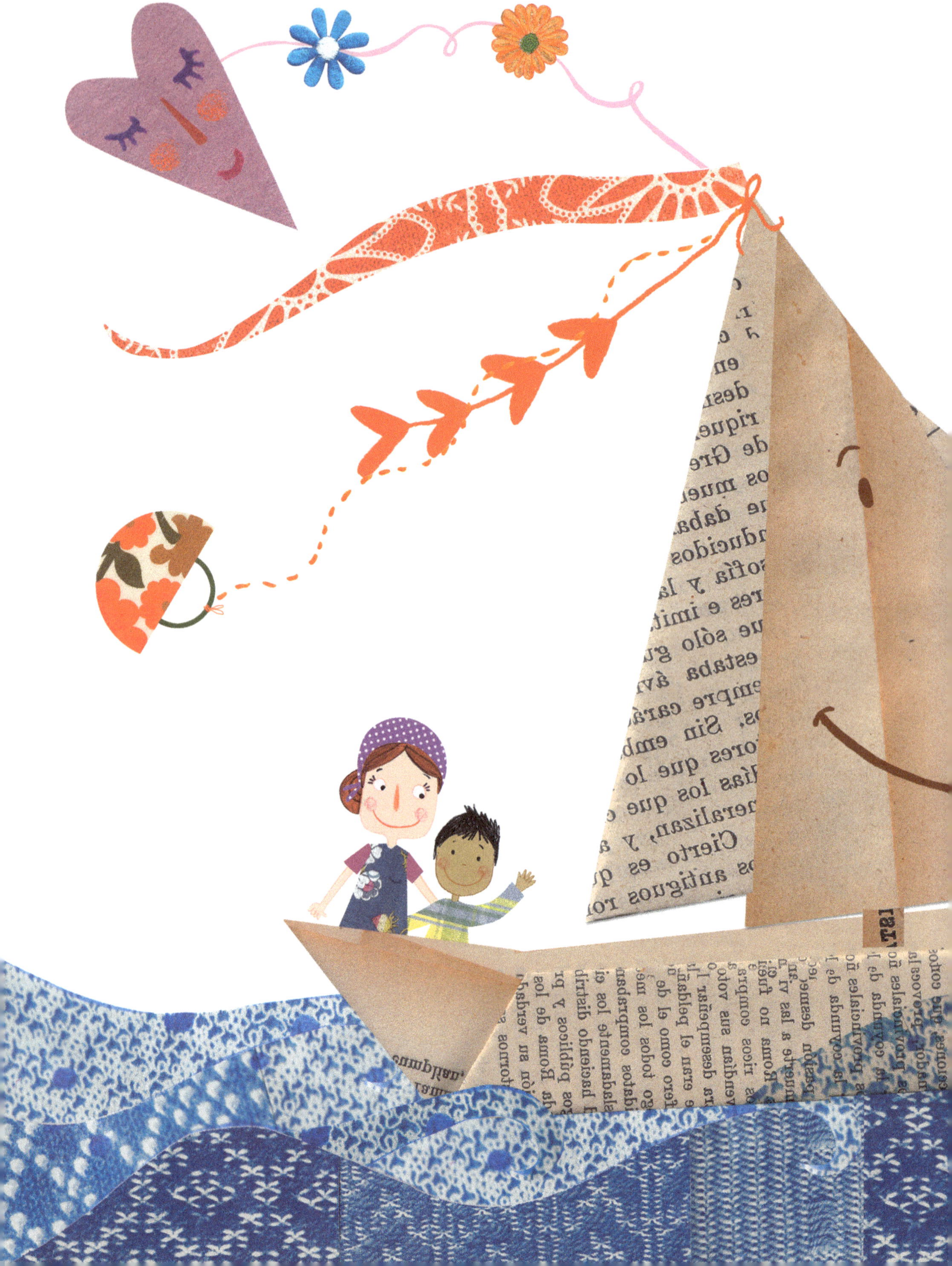

Foi aí que o menino
entendeu o ocorrido:
mesmo um barquinho dobrado,
que por nós foi fabricado,
não fica pra sempre barquinho.

Assim foi que a lavadeira
viajou com o menino
pelas ondas do oceano
no barquinho-caravela.

Ai, que alegre brincadeira!
O sol pintava peixinhos
numa linda aquarela.

Mas foram porque quiseram,
voltaram quando pediram.
No vaivém da mudança
liberdade é uma festa.
À força, sem ter vontade,
nenhuma viagem presta!

A VIAGEM DE

N.B. – Intérpretes fixos: lavadeira e menino. O restante do espetáculo poderá ser interpretado por dois atores e uma atriz, em revezamento, usando máscaras.

UM BARQUINHO
PEÇA TEATRAL

PERSONAGENS

LAVADEIRA
MENINO
SOL
CAVALEIRO VERDE
CAVALEIRO AZUL
SAPO
PIRILAMPO
PERSONAGEM DO SONHO
BARCO DE PAPEL
FADA-PRINCESA
VOZ DO MINICASSETE
BONECO MANEQUINHO

CENÁRIO
UM LUGAR TODO BRANCO. APARECE UMA LAVADEIRA TODA DE BRANCO. ELA VEM COM UMA TROUXA À CABEÇA. COMEÇA A PREPARAR A ROUPA PARA LAVAR. TODA A ROUPA TAMBÉM É BRANCA.

LAVADEIRA   Vim lavar a minha roupa neste lugar. Minha roupa é branca, o lugar também é branco... Eu não vejo nem um tiquinho de azul, cor de água de rio, ou de lagoa, para lavar a minha roupa... Como é que vai ser?

LAVADEIRA PROCURA ÁGUA

LAVADEIRA   Tudo branco, eu preciso muito de um pouco de água azul! Esperem aí, eu volto já. (SAI CORRENDO. VOLTA, EM SEGUIDA, COM UM LONGUÍSSIMO PEDAÇO DE PANO AZUL.)

LAVADEIRA   Pronto. Eu trouxe um segredo... Eu trouxe um segredo de verdade! Isto aqui (MOSTRA O PANO.) é um rio de água azul. Um rio de brinquedo! Vou estender o meu rio em voltas e voltinhas... até lá longe... lá longe, onde acabam os rios!

Vim lavar a minha roupa
com água pura e sabão
neste rio de brinquedo
que eu estendo neste chão!
Como a água está gelada! Atchim!
Vou acabar resfriada! Atchim!

LAVADEIRA COMEÇA A LAVAR A ROUPA, CANTANDO.

LAVADEIRA   Lava, lava, lava, lavadeira,
lavar roupa é boa brincadeira! (BIS)

VAI MOSTRANDO AS ROUPAS, ENQUANTO AS LAVA.

LAVADEIRA   Um vestido de princesa,
as meias do senhor frade
e uma toalha de mesa.
As ceroulas bordadas

do rei Pafúncio Anastácio
de uma história de fada!

APARECE UM MENINO, MUITO AFLITO, CHORANDO MUITO.

LAVADEIRA Menino, o que é isso? Você caiu?

MENINO Não caí não!

LAVADEIRA Você está com dor de barriga, unha encravada, espinho no pé?

MENINO Não estou com dor de barriga, nem unha encravada, nem espinho no pé! (CONTINUA A CHORAR.)

LAVADEIRA Então, você não tem motivo para chorar!

MENINO Tenho!

LAVADEIRA Diga logo o que é, menino!

MENINO Ele foi embora... ele fugiu!

LAVADEIRA Quem foi que fugiu?

MENINO O meu amigo... O meu amigo Barco de Papel...

LAVADEIRA Você tinha um amigo Barco de Papel?

MENINO Eu fiz um barco de papel... todos os dias, ele brincava comigo... era o meu único brinquedo... Ele era o meu navio, eu era o seu marinheiro...

LAVADEIRA Que bonito! E o que foi que aconteceu?

MENINO Ele fugiu!

LAVADEIRA Sabe, todo barco sente saudade do mar... Com certeza, ele sentiu saudade do mar e foi viajar... Isso acontece com os barcos depois de certa idade.

MENINO   Mas ele era ainda tão menino!

LAVADEIRA   Era menino para você, que fabricou o barquinho. Para ele, já era um barco grande, sonhando coisas de mar...

MENINO   Eu queria tanto encontrar o meu barquinho! Você, que é lavadeira, que conhece água e rios, não quer vir comigo?

LAVADEIRA   Está certo. Mas, antes, eu vou entregar a roupa, está bem?

MENINO   Muito obrigado!

LAVADEIRA   Vamos em busca do barquinho! Juízo, ouviu? *(SAI, CARREGANDO A ROUPA.)*

MENINO   Está certo. Enquanto você vai entregar a roupa, eu fico esperando. Mas não demora, ouviu?

LAVADEIRA   *(VOLTANDO.)* O que foi que você disse?

MENINO   Eu disse pra você não demorar, está certo?

LAVADEIRA   Se você não tivesse me chamado, eu já tinha ido. Volto já. Até logo!

MENINO   Até logo!

LAVADEIRA   *(VOLTANDO.)* Cuidado para não cair no rio, ouviu?

MENINO   Sim, está certo, não demora, por favor!

LAVADEIRA   Ponha este casaquinho e este chapéu. O casaquinho é pra se fizer frio, o chapéu é pra se fizer sol! *(SAI.)*

MENINO   *(VESTINDO AS ROUPAS.)* Não demora, ouviu?

LAVADEIRA   *(VOLTA.)* Eu trouxe este guarda-chuva, caso possa vir a chover. As nuvens, ultimamente, têm andado muito sem responsabilidade. Volto já... é só entregar as roupas e partiremos pelo caminho do rio! (SAI.)

MENINO   Sim! (BAIXO, PARA AS CRIANÇAS.) É bom eu não dizer mais nada, senão ela volta e nunca nós sairemos para a nossa viagem!

LAVADEIRA   (VOLTANDO.) Eu já entreguei, no palácio, o vestido da princesa! Já entreguei as meias do senhor frade e aquela toalha de mesa... Agora, vou correndo entregar as ceroulas do rei Pafúncio Anastácio e volto logo! Até breve! (SAI.)

MENINO   Está certo!

LAVADEIRA   (VOLTANDO.) Juízo, ouviu? (SAI.)

MENINO   Ouvi. Uf! Como é difícil viajar com as lavadeiras! Eu devia era ter escolhido uma aeromoça, que já sabe viajar e tem horário, e coisa e tal!

LAVADEIRA   (VOLTANDO.) Entreguei tudo, menos as ceroulas.

MENINO   O que são ceroulas?

LAVADEIRA   É a avó da cueca! Antigamente, no tempo das fadas, os homens usavam ceroulas, que eram umas cuecas compridas, como esta aqui! Agora, os tempos mudaram... fui entregar as ceroulas, já não existem mais histórias de fadas... O rei Pafúncio Anastácio sumiu! No lugar do palácio dele, está morando um tal de Super-Homem! E o palácio, agora, é todo em quadrinhos!

MENINO   E o que tem isso? O Super-Homem é herói de história em quadrinhos, ora!

LAVADEIRA   O que tem isso? Tem muita coisa! Fiquei sem saber o que faço com essas ceroulas!

MENINO Você pode vesti-las e, se algum dia você encontrar o rei, você devolve!

LAVADEIRA Boa ideia! Mas... a gente pode vestir o que não é da gente?

MENINO Mas o rei mudou... não deixou endereço.

LAVADEIRA É verdade. Acho que vou vestir as ceroulas. Assim, se eu encontrar o rei pelo caminho, a gente explica, não é?

MENINO É. Vamos?

LAVADEIRA Falta eu me despedir da minha casa e buscar a mala. Volto já. (SAI.)

MENINO Será que a gente vai encontrar o meu barquinho? Será que o mar é muito cheio de perigos? (SUSPIRA E ESPERA, AFLITO, A VOLTA DA LAVADEIRA.)

OUVE-SE BARULHO DE BUZINA. APARECE A LAVADEIRA EMPURRANDO UM CARRINHO FANTÁSTICO, CHEIO DE LOUCURAS. NO ALTO DO CARRINHO, UM ENORME BOLO DE ANIVERSÁRIO, BOLAS COLORIDAS, QUINQUILHARIAS. DO LADO, UMA BUZINA ANTIGA.

MENINO Mas o que é isso?

LAVADEIRA É minha mala.

MENINO Você vai viajar com tudo isso?

LAVADEIRA Com tudo isso, por enquanto. Eu levo só as coisas supérfluas!

MENINO O que são coisas supérfluas?

LAVADEIRA Levo só coisas que as pessoas não precisam. Eu acho lindo tudo que chamam de supérfluo! Você já viu o que as pessoas levam nas malas? Elas levam só o necessário.

MENINO Minha tia, quando viajou, levou uma mala com vestidos, meias, sapatos... Aquilo que ela iria precisar...

LAVADEIRA Horrível! O que a gente não precisa, mas ama, isso é que é lindo! Você já viu como é triste uma mala de viagem, como é feia uma mala aberta, com a roupa dobrada, apertada? Uma viagem deve ser uma festa!

MENINO E aquele bolo de aniversário serve para quê?

LAVADEIRA Ah, este bolo não é supérfluo! Ele é muito necessário! Você já imaginou como deve ser horrível a gente encontrar alguém, no caminho, que esteja fazendo aniversário e não ter nem um bolo? Seria muito triste!

MENINO Lavadeira, você é maravilhosa!

LAVADEIRA Menino, você é maravilhoso! *(ABRAÇAM-SE.)* Em frente! Em busca do Barco de Papel que fugiu para o mar cheio de ondas, e ventos, e peixes, e espumas, e verdes, e azuis, e... *(COMEÇA A FICAR SEM AR.)*

MENINO Respira!

LAVADEIRA Não é que eu me esqueci de respirar? Eu estava tão empolgada...

MENINO Vamos?

LAVADEIRA Vamos! *(LAVADEIRA LIGA UMA VITROLINHA DE PILHA QUE COMEÇA A TOCAR, AOS SOLAVANCOS.)*

MENINO A vitrola enguiçou!

LAVADEIRA É... parece que está meio ruim, não é? Sabe, você espera um pouquinho que eu vou lá em casa buscar o minicassete e volto já!

MENINO Mas a gente já está começando a viajar... Não podemos voltar!

LAVADEIRA Só gente sem imaginação é que não pode voltar. Viva a liberdade de ir... e de vir... e de ir... e de vir... *(VAI E VOLTA, SEM PARAR.)* Isto é que é viver! Volto já! *(SAI.)*

LAVADEIRA *(VOLTANDO.)* Ir e vir! *(SAI.)*

MENINO A gente está perdendo tempo!

LAVADEIRA *(VOLTANDO E PROCURANDO PELO CHÃO.)* Perdendo tempo? Não estou vendo nenhum tempo perdido! O tempo não é da gente, nem do relógio! *(VOLTANDO A SAIR E VOLTAR.)* Não demoro! Vou buscar o meu minicassete!

MENINO Esta lavadeira é diferente de tudo que já vi... talvez ela esteja certa! *(RISCA O CHÃO E COMEÇA A BRINCAR DE AMARELINHA. JOGA UMA PEDRINHA E COMEÇA A PULAR.)* Ir... e... vir! Agora, a casa número dois! Ir... e... vir! Vou agora para a casa número três... Ora! Errei! Quase que a pedrinha caiu no céu!

APARECE UM ATOR COM UMA MÁSCARA DE SOL. É UM ENORME SOL COR-DE-ROSA.

SOL Bom dia, eu sou o Sol! Muito prazer em conhecer você, que é um menino.

MENINO O senhor é o sol? É mesmo?

SOL Mesmo de mesmo, mesmo!

MENINO Puxa!

SOL O que foi?

MENINO Sempre pensei que o sol fosse diferente... Sempre pensei que o sol fosse amarelo!

SOL   Mas eu mudo muito de cor... Quando as coisas começam, eu sou cor-de-rosa, cor de madrugada. Hoje, estou na base cor-de-rosa. Entendeu?

MENINO   Não.

SOL   Que ótimo! Quando a gente não entende, é que a gente aprende coisas novas. A gente fica sem entender, aí começa a pensar... pensar... pensar... descobre coisas novas! Tenho muita pena das pessoas que entendem tudo, mas admiro as pessoas que não entendem. Você é um menino formidável. Entendeu?

MENINO   Não!

SOL   Mas que menino genial! Ele não entende as coisas! Tem ainda a cabeça cheia de dúvidas! Isto é muito importante e muito necessário!

MENINO   Eu não entendo mesmo muitas coisas! Eu não entendo o motivo... a razão. Mas por que o meu barquinho de papel fugiu? (PAUSA.) Amigo Sol, o senhor que vê tudo, por acaso viu um barquinho de papel fugindo para o mar?

SOL   (COMEÇA A DANÇAR E CANTAROLAR.)
Se vi... não posso dizer...
não posso dizer... eu juro!
Se eu contasse o que visse,
seria um sol... dedo-duro!

MENINO   O senhor sabe e não conta?

SOL   Sei de muitas coisas... e não conto! Faz parte da minha profissão de sol. Imagine só quantas coisas um sol vê durante o dia! Se eu contasse tudo, seria um sol muito encrenqueiro. Bem, eu só vim conhecer você e desejar boa viagem! Até logo, até breve, até qualquer dia! (SAI.)

MENINO Até logo, amigo Sol cor-de-rosa! Gostei muito de conhecer o senhor! Boa viagem pelo céu cheio de estrelas, borboletas, foguetes e anjinhos!

LAVADEIRA (VOLTANDO.) Pronto, cheguei! Uf! Trouxe a Matilde comigo, viu? (MOSTRA UMA PATINETE.)

MENINO O nome da patinete é Matilde?

LAVADEIRA É. Eu acho que ela tem cara de Matilde. Antes de dar esse nome, pensei em chamá-la de Isidora... Mas ela preferiu ser Matilde!

MENINO Ela fala?

LAVADEIRA E você já viu uma patinete falar, menino? Ela pensa... e eu escuto o que ela pensa, no meu minicassete!

MENINO Eu também quero ouvir o que a Matilde pensa! Deixa eu escutar!

LAVADEIRA Então eu vou ligar o minicassete. Mas, antes, você pergunta qualquer coisa para ela poder responder, está bem?

MENINO Que bom! Eu vou conversar com a patinete Matilde! Deixa eu ver... o que será que posso perguntar?... Ah, já sei! (FAZ UMA REVERÊNCIA PARA A PATINETE.) Dona Matilde, quantos anos a senhora tem?

OUVE-SE UM SOM DE LOUÇA QUEBRANDO, GRITOS ETC.

MENINO O que é isso?

LAVADEIRA A gente nunca pergunta a uma senhora idosa quantos anos ela tem... Ela ficou zangada, não é, Matilde?

VOZ DO MINICASSETE Ih! Que gente chata! Fica me perguntando bobagens! Vamos logo viajar... vamos!

LAVADEIRA   Ouviu?

MENINO   Ouvi. Puxa, eu nunca pensei que Matilde tivesse tão mau gênio!

LAVADEIRA   É que ela está um pouco velha e irritada. Vamos?

MENINO   Vamos! Vamos viajar!

NO FUNDO BRANCO, A LAVADEIRA E O MENINO COMEÇAM A DESENHAR A PAISAGEM, ENQUANTO VIAJAM.

LAVADEIRA   Veja que linda árvore!

MENINO   Puxa! O caminho do rio é cheio de flores! (DESENHA FLORES.) Como é linda a viagem!

VÃO SEGUINDO VIAGEM. O MENINO, AGORA, EMPURRA O CARRO, E A LAVADEIRA ANDA DE PATINETE.

LAVADEIRA   (INDO PARA A FRENTE E VOLTANDO, ACOMPANHADA DO MENINO.)
Ir... e... voltar...
sem hora de chegar...
ir... e... voltar
pelo caminho do rio!

MENINO   Vamos chegar ao mar!

COMEÇAM A CANTAR A MÚSICA "ONDE ESTÁ A MARGARIDA", COM ALGUMAS SUBSTITUIÇÕES.

MENINO   Onde está o meu barquinho?
Olé, olé, olá! Onde está o meu barquinho?
Olé, seus cavaleiros!

LAVADEIRA   Ele foi por seu caminho.
Olé, olé, olá!
Ele foi por seu caminho
pra chegar ao mar.

APARECEM DOIS CAVALEIROS. UM É VERDE, OUTRO É AZUL. CADA UM VEM MONTADO NUM CAVALO DE PAU.

VERDE Meu nome é Verde, monto num cavalo verde e meu caminho é verde!

MENINO Puxa! Quanto verde!

LAVADEIRA Quando este verde amadurecer... que beleza!

AZUL Eu sou o cavaleiro Azul! Monto meu cavalo azulão e só gosto de tudo azul!

MENINO Os senhores são muito coloridos e interessantes. Eu sou cor de pele, minha calça é cor de calça, empurro um carro que é mala, cor de bagunça!

LAVADEIRA E eu sou cor de lavadeira, uso roupa branca, ceroulas de rei... e ando na minha patinete Matilde, em busca de um barco que fugiu pro mar e... deixou este menino triste... e aí resolvemos viajar e ... aí eu... ai, ui...

MENINO Lavadeira, você se esqueceu de novo de respirar! Respira! Depressa, senão você sufoca!

LAVADEIRA Uf! É mesmo! Eu sou muito distraída! Fiquei tão empolgada em contar a nossa história, que esqueci, outra vez, de respirar!

MENINO Esses cavalos são de verdade?

VERDE Eles são de brinquedo!

LAVADEIRA Então, eles devem ser primos do meu rio! Ele também é de brinquedo!

OUVE-SE UM SOM MUITO AGITADO DO MINICASSETE.

MENINO Que barulho é esse?

LAVADEIRA Matilde está querendo dizer alguma coisa. Vamos ouvir, no minicassete, o que diz a minha bela patinete!

VOZ DO MINICASSETE Que lindo cavalo verde! Acho que estou apaixonada! Quero viajar com ele!

LAVADEIRA Ouviu?

AZUL O que foi?

LAVADEIRA A voz da minha patinete é encantada. Ela fala por este minicassete aqui, sabe? Ela está apaixonada pelo cavalo verde!

VERDE Pelo meu cavalo? E agora?

VOZ DO MINICASSETE Eu quero viajar junto com o cavalo verde! Eu quero, e quero, e quero!

VERDE COMEÇA A PULAR COMO SE O CAVALO ESTIVESSE MUITO BRAVO.

VERDE Ui! Ai! O meu cavalo está impossível. Ui! Ai! Eu vou cair do meu cavalo!

AZUL Vamos fazer a vontade deles. Você monta comigo neste cavalo e deixamos o cavalo verde seguir viagem com a Matilde.

VERDE Vejam, o cavalo se acalmou! Ele quer viajar com a patinete Matilde!

LAVADEIRA Foi amor à primeira vista! Menino, você monta o cavalo verde... se o dono deixar, é claro!

VERDE Eu não sou dono do meu cavalo... eu sou amigo dele. Se ele quer ficar com a patinete Matilde, que sejam felizes. (MUDA PARA O CAVALO AZUL, E FICAM OS DOIS CAVALEIROS MONTADOS NO CAVALO AZUL. O MENINO MONTA O CAVALO VERDE.)

VERDE	Adeus! Que o cavalo verde seja muito feliz com a patinete Matilde!
AZUL	Adeus! (SAEM.)
MENINO	Como o mundo é cheio de surpresas! Veja! Matilde parece muito feliz! E o verdinho também!
LAVADEIRA	Em frente! Marche!
MENINO	Como é que eu vou montar o cavalo e empurrar o carrinho?
LAVADEIRA	Vamos botar o cavalo e a Matilde no carro. Assim eles podem conversar. E nós empurramos!
VOZ DO MINICASSETE	Oh! Como sou feliz! Sou a mais feliz das patinetes!

COLOCAM A PATINETE E O CAVALO DE PAU NO CARRINHO E COMEÇAM A EMPURRAR.

MENINO	Um, dois, feijão com arroz!
LAVADEIRA	Três, quatro, é bom e barato.
MENINO	Cinco e seis, com molho inglês!
LAVADEIRA	Sete e oito, comendo biscoito!
MENINO	Nove e dez... (OS DOIS PULAM NO RIO.) Molhamos os pés!
LAVADEIRA	Ai, como a água está gelada! Atchim! Vou acabar resfriada! Atchim!

APARECE UM SAPO.

SAPO Quac!

MENINO Veja, um sapo!

SAPO Quac! Veja, um menino!
E uma lavadeira
com muita bagagem
seguindo viagem.
Quac! Ai, que bobagem!

MENINO Um sapo que fala!

SAPO Um menino que fala!

MENINO Mas menino fala, sapo não fala!

SAPO Esse é o ponto de vista dos meninos. O ponto de vista dos sapos é diferente! Eu sou sapo e falo. Falei e disse!

MENINO O senhor é sapo de nascença?

SAPO Não. Eu sou sapo naturalizado. Sabe o que é?

LAVADEIRA Explica para a gente. O que é naturalizado?

SAPO Se você nasce no reino do Faz de Conta e vem para o Brasil e quer ser brasileiro, aí você se naturaliza brasileiro. Quer dizer, você é "faz de contês" de nascença e brasileiro naturalizado.

LAVADEIRA O senhor nasceu no reino do Faz de Conta, é?

SAPO É. Eu nasci lá e fui rei de uma história de fadas. Aí apareceu o Super-Homem, grandão, que voava, muito brigão, dizendo que era herói de histórias em quadrinhos. Me deu um empurrão e foi morar nas minhas histórias, dizendo que os tempos tinham mudado.

MENINO E aí?

SAPO Eu fiquei desgostoso... quac! Mudei para este rio e resolvi me naturalizar sapo.

LAVADEIRA E como era o seu nome de rei?

SAPO Era rei Pafúncio Anastácio.

LAVADEIRA Achei, achei! Viva! Achei o dono das ceroulas bordadas! Vou devolvê-las! A Pafúncio o que é de Pafúncio!

LAVADEIRA QUER DEVOLVER AS CEROULAS, MAS O SAPO NÃO ACEITA.

SAPO Pode ficar com elas. É uma das vantagens de não ser rei. Um rei tem que usar ceroulas, e um sapo pode andar de bumbum ao vento, feliz e livre! Sabe, as pessoas são esquisitas, se veem alguém pelado, acham feio. Mas, se veem um sapo de ceroulas, acham ridículo! Vivendo e aprendendo, como diz a minha mulher sapa, que já foi até rainha dos Sete Reinos... vivendo e aprendendo e... mudando! Quac! E, por falar nisso, está na hora de eu jantar com a minha sapa! Adeus!

MENINO Espera!

SAPO O que é?

MENINO O senhor viu passar um barco de papel por este rio?

SAPO Vi. Ele foi por esta direção. Ia com uma pressa! Quac! (SAI O SAPO.)

MENINO Será que o meu barquinho vai saber enfrentar o mar?

LAVADEIRA Não se preocupe, nós vamos encontrar o barquinho. (PAUSA. ANOITECE.) Ih, está anoitecendo!

MENINO Que frio!

OUVE-SE O SAPO CANTAR, TIPO CANTOR DE ÓPERA.

VOZ DO SAPO   Canto... e a sapa que eu amo tanto
não me escuta,
está dormindo... Canto e enfim...

MENINO   O que é isso?

SAPO   (VOLTANDO.) Sou eu, oras bolas! Você não sabe que está frio? (CANTA.)
Sapo-cururu
na beira do rio,
quando o sapo canta, menino,
é porque sente frio! (SAI, CANTANDO: "CANTO... E A SAPA QUE EU AMO TANTO...")

LAVADEIRA   É, o sapo tem razão, está frio, ele canta. E, contra escuro, a gente tem que acender uma luz... Ih, eu não trouxe lanterna! Você trouxe?

MENINO   Não trouxe. E agora? O escuro vai chegar! E agora?

LAVADEIRA   Eu tenho uma ideia! Eu tenho uma ideia! Oba! Oba! Que boa ideia!

MENINO   Diga, diga depressa!

LAVADEIRA   Vou acender o bolo de aniversário! Vai ficar lindo!

MENINO   Puxa, que lindo! Vamos iluminar o escuro com um bolo de aniversário!

LAVADEIRA   Mas este bolo é encantado! Ele só acende se você cantar "Parabéns pra você" e coisa e tal! Ele é um bolo muito festivo, sabe?

MENINO   Então, vamos cantar! Vamos cantar juntos e bem alto, fazer uma festa, e espantar o escuro, e ficar feliz, feliz, feliz!

Parabéns pra você,
nesta data querida,
muitas felicidades,
muitos anos de vida!

LAVADEIRA   Bis! Bis!

CANTAM NOVAMENTE, PEDINDO A PARTICIPAÇÃO DAS CRIANÇAS. O BOLO É ACESO. APARECE UM PIRILAMPO, COM UMA LANTERNINHA QUE PISCA, VERDE.

LAVADEIRA   Oi, boa noite, seu Pirilampo!

PIRILAMPO   Boa noite e muito obrigado pelo bolo. Como é que vocês sabiam que hoje eu completo 6 anos de idade?

MENINO E LAVADEIRA   Parabéns para o Pirilampo
nesta data querida,
muitas felicidades,
muitos anos de vida!
Viva o Pirilampo!

PIRILAMPO   *(COMENDO UM PEDAÇO DE BOLO E CUSPINDO.)* Ih, este bolo é de quê?

LAVADEIRA   É um bolo de mentirinha, sabe? Um bolo de papelão! É de faz de conta... pode ter todos os sabores!

PIRILAMPO   Então, vamos comer de mentirinha!

MENINO   *(SE LAMBUZANDO, EM MÍMICA.)* O bolo é de chocolate com creme!

LAVADEIRA   Meu pedaço é de morango, e tem um pouco de baunilha, e um monte de sorvete... Hum! Que delícia!

PIRILAMPO   Eu adoro bolo de espinafre com geleia de abacate, salpicado com... com... vinagre! Hum... que delícia!

LAVADEIRA Cada qual tem o seu gosto,
tudo pode ser gostoso,
chocolate ou espinafre,
ou sorvete bem cremoso!

MÍMICA DE COMIDAS E BEBIDAS.

ELES BRINCAM DE RODA. POUCO A POUCO, VAI CHEGANDO O SONO.

PIRILAMPO Puxa, que festa maravilhosa! Comer e beber de mentirinha é muito gostoso! Uf! Puf! Estou cansado! (BOCEJANDO.) Acho que vou para casa e... muito obrigado, parabéns para mim, nesta data querida, muitas felicidades, muitos anos de vida! Até logo! (SOPRA O BOLO.)

LAVADEIRA Nós também vamos dormir. Boa noite!

MENINO Boa noite e muitas felicidades! Pode levar o bolo, viu, Pirilampo?

PIRILAMPO Obrigadinho! E vou apagar a lanterna também, para vocês dormirem bem. Boa noite! (SAI.)

LAVADEIRA E MENINO DEITAM NO CHÃO E ADORMECEM. ENQUANTO DORMEM, LAVADEIRA RONCA, MENINO ASSOBIA.

MENINO (SONHANDO.) O meu barquinho fugiu pro mar...

APARECE UM PERSONAGEM MISTERIOSO, TODO VESTIDO DE BRILHOS DE PRATA. ANDA DE LEVE, ARRASTANDO UM MANTO.

PERSONAGEM Dorme, menino,
que é noite de luar,
um manto de estrelas
vai te agasalhar! (COBRE O MENINO COM O MANTO.)
Eu trouxe uma estrela,
eu trouxe um luar,
eu trouxe um sininho
de prata pra tocar... (TOCA O SININHO.)

MENINO	Lavadeira! Acorda! Veja! Tem uma coisa brilhando aqui, coisa de brilhos e sinos!
LAVADEIRA	Será algum astronauta?
PERSONAGEM	Boa noite, amigos. Eu sou o Sonho do Barquinho de Papel.
MENINO	O senhor é o Sonho do meu barquinho?
PERSONAGEM	Sou.
LAVADEIRA	Puxa, que sonho importante para um barquinho de papel! Quanto brilho!
MENINO	Quer dizer que meu barquinho sonhava tudo prateado assim?
PERSONAGEM	Seu barquinho sonhava com um mar de prata, ao luar... E com pérolas do mar, brilhos e reflexos...
LAVADEIRA	Que bonito! Eu queria sonhar assim, mas sou lavadeira, só sonho com máquinas de lavar roupa...
MENINO	E onde está o meu barquinho?
PERSONAGEM	Ele está navegando os brilhos do mar e a sua liberdade de ser barquinho.
MENINO	Mas ele era meu... Ele fugiu de mim!
PERSONAGEM	Como é que alguém pode ser dono da liberdade do outro? Como é que você pode dizer que ama o seu barquinho e querer que ele seja seu? Ele é das ondas... talvez... mas as ondas vão e vem.
MENINO	Mas eu gosto do meu barquinho!
PERSONAGEM	Ele também gosta de você... mas ele seguiu o seu caminho. O mar é o caminho dos rios e dos barcos.

MENINO   Eu acho que estou entendendo...

LAVADEIRA   Quer dizer que não se deve forçar o barquinho a voltar com a gente, é isso?

PERSONAGEM   Eu sou apenas um sonho. Vocês vão saber, quando chegar a hora...

PERSONAGEM TOCA O SINO E SAI.

LAVADEIRA   Será que foi um sonho?

MENINO   Ele disse que era um sonho.

LAVADEIRA   Se ele era o sonho do barquinho... talvez o barquinho já esteja por perto! Vou perguntar ao Manequinho! (VAI PARA O CARRO E PEGA UM FANTOCHE DE VARA.) Manequinho, responda para nós, como é o seu nome todo. (LAVADEIRA MUDA DE VOZ, FALANDO PELO BONECO.) Meu nome é Manequinho dos Ventos e Barcos e Ventanias!

MENINO   Manequinho, você viu meu barco de papel?

BONECO   Sim, com certeza, certamente, na corrente, sim eu vi. Ele está chegando, pelo lado do mar... Cresceu, virou um barco grande, cheio de vento e grandeza. Veio pela correnteza. Veio chegando, e chegando, e chegando, e chegando e... chegando... quase... quase... (FALA COMO LOCUTOR DE FUTEBOL.) Aponta a direção para os companheiros, vem correndo, vem correndo pelo campo e... Gooooooooooool do barquinho!

APARECE O BARQUINHO.

MENINO   O barquinho chegou! Gooooooooool do meu barquinho! Achei o meu barquinho! Gooooooooool da felicidade!

LAVADEIRA	Obrigada, Manequinho! Viva! Festa! Gooooooooooool do encontro do barquinho com a seleção da lavadeira, do menino e da torcida! Palmas para o barquinho!

SILÊNCIO.

MENINO	Puxa, você cresceu!
BARCO	Você também!
MENINO	Nós estamos viajando à procura de você... você fugiu de mim, não é?
LAVADEIRA	O menino estava tão triste...
MENINO	Mas como você cresceu!
BARCO	Foi a liberdade do mar... muito sol... muito vento... muito peixe.
LAVADEIRA	Isto aqui já é o mar?
BARCO	É o mar... mar-oceano. Bonito, não é?

A LAVADEIRA CORRE PARA O CARRINHO, TIRA UMA BOIA, PÉS DE PATO, EQUIPAMENTO DE MERGULHO E FAZ O MENINO USAR. ELA TAMBÉM USA.

LAVADEIRA	Ponha a boia, menino... Cuidado! O mar-oceano tem ondas e corais, peixes, e maravilhas!
MENINO	Quer dizer que o rio já desaguou no mar? Então vamos guardar o rio!

OS TRÊS ENROLAM O RIO.

LAVADEIRA	Mas que barco educado!
BARCO	E agora?
MENINO	Você vai voltar conosco, não é?

BARCO	Mas... Vocês guardaram o rio... como é que eu posso voltar?
MENINO	Lavadeira, ele tem razão. Sem o rio, ele não pode voltar...
LAVADEIRA	Então, vou desguardar o rio. Vamos?
MENINO	Vamos! Quanto trabalho!
BARCO	É rio de água doce, é?
LAVADEIRA	É doce que nem goiaba...
BARCO	Eu... só gosto de água salgada!
LAVADEIRA	Menino, mexa lá no carrinho e veja se eu trouxe o saleiro!

MENINO PROCURA. ACABA ENCONTRANDO.

MENINO	Achei o sal!
LAVADEIRA	Vamos temperar o rio para ele ficar no gosto do barquinho.
BARCO	Muito obrigado, mas cuidado senão ele fica muito salgado!
LAVADEIRA	Menino, pega uma colher de pau para eu mexer o rio, sim?
MENINO	Pronto, aqui está!

LAVADEIRA MEXE O RIO, PÕE SAL, TEMPERA.

BARCO	Posso experimentar?
LAVADEIRA	Pois não, veja se está no ponto!

BARCO	(PÕE O DEDO DENTRO DO RIO, DEPOIS LAMBE O DEDO, EXPERIMENTANDO.) Desculpem, mas vocês trouxeram um pouco de pimenta? O rio ficou meio sem gosto...

LAVADEIRA	Salta a pimenta! (PARA AS CRIANÇAS.) Este barco está ficando um pouco exigente, vocês não acham?

MENINO	Com sal e pimenta
vamos temperar.

LAVADEIRA	Um rio de brinquedo
pro barco navegar...

BARCO	Um rio de brinquedo,
eu quero passear,
com velas de veleiro
ao vento vou brincar!

LAVADEIRA	Tudo que for de água
no rio vou jogar!

MENINO	E tudo que for bonito
vou deixar cair no mar!
Um bolo de mentira
e bolas de assoprar,
dois cavalos-marinhos (JOGA OS CAVALOS DE PAU.)
também vão para o mar!

LAVADEIRA	Que agora, neste instante,
eu compreendi o veleiro
barquinho. Vento e sonho
são todo o seu roteiro!

BARCO	Sou barco de brinquedo,
igual ao rio e ao mar,
igual ao vento claro
que me faz navegar!

MENINO	Barquinho, será que você quer mesmo voltar conosco?

	De repente, comecei a pensar que estamos tirando a sua liberdade de ir e voltar, de viajar por águas de oceano, de brincar com ondas lindas, todas estas coisas que você veio conhecer...
BARCO	Eu vim conhecer. Agora já conheço. Agora estou com vontade de voltar...
MENINO	De voltar conosco?
LAVADEIRA	Será que você quer mesmo?
BARCO	Quero. Eu quero voltar... e, quando me der vontade de vir para o mar, vocês não fiquem aflitos... Sabe, eu sou um veleiro e, de vez em quando, sinto falta das coisas que estão longe.
MENINO	Quer dizer que você quer voltar porque o longe, agora, é onde nós morávamos?
BARCO	Talvez. Vamos viajar?
MENINO	Ao rio de voltar!
LAVADEIRA	Ao rio de lavar roupa com água e sabão, ao rio de brinquedo, que estendo pelo chão!

MENINO PEGA UMA CANEQUINHA E UM CANUDO E FAZ BOLHAS DE SABÃO.

BARCO	Ao rio, ao barco, ao longe!

APARECE UMA FADA-PRINCESA.

BARCO	Vejam... Apareceu uma pessoa linda!
MENINO	Quem é a senhora?
LAVADEIRA	Que bonita!

FADA-PRINCESA   Eu sou a Fada-Princesa que aparece no final da história do príncipe!

MENINO   Que príncipe?

FADA-PRINCESA   O príncipe que queria casar comigo!

BARCO   A senhora está falando de coisas que não aconteceram nesta história!

LAVADEIRA   Nesta história, apareceu um sol...

MENINO   (DESENHA PELAS PAREDES COM GIZ.) Um sol...

LAVADEIRA   E coisas de rio e de mar...

MENINO   (DESENHANDO UM BARCO.) Coisas de barco...

FADA-PRINCESA   Eu acho... eu acho que está havendo um engano... (PEGA UM CADERNINHO DE ENDEREÇOS E LÊ.) Aqui não é a Rua das Laranjeiras, número das laranjas, apartamento das tangerinas?

MENINO   Aqui é um lugar sem endereço.

BARCO   É um lugar de coisa e tal, sabe?

FADA-PRINCESA   Será que eu me enganei de história? Oh, que cabeça a minha! Ando tão confusa...

BARCO   Acho que a senhora se enganou de história. Ou, quem sabe, a senhora escolheu uma história... mas se esqueceu de lembrar que as histórias é que escolhem a gente!

FADA-PRINCESA   Se eu me enganei de história, o que é que eu faço com o meu vestido?

LAVADEIRA — O que tem o seu vestido? Está branco, engomado e lavadinho! Um lindo vestido! Quando ele sujar, eu quero lavar este vestido com água de anil e pendurar estes panos todos num varal, e deixar enfeitando a paisagem com ele!

FADA-PRINCESA — É um vestido de noiva... era para casar com o príncipe da outra história!

BARCO — Já que a senhora errou de história, errou e pronto. Agora, fica conosco, está bem?

FADA-PRINCESA — E o príncipe?

MENINO — Príncipe? Já era! Ele vai acabar casando com a Branca de Neve ou Cinderela, ou qualquer enjoadinha assim.

LAVADEIRA — E vai até cometer a infelicidade de "ser feliz para sempre".

FADA-PRINCESA — E ser feliz para sempre não é bom?

BARCO — É muito chato! Ser feliz para sempre lembra chinelo, cor de burro quando foge e dia de chuvinha fina! Ser feliz é coisa de repente, é coisa de viagem, festa, maravilha! Fica conosco... venha viajar!

MENINO — E se a senhora fizer muita questão de casar, pode casar com o Barco...

BARCO — Eu quero casar com a senhora... e teremos festas e mares, muitos filhos barquinhos de papel, com jeito de princesa e fada!

FADA-PRINCESA — Eu... eu... aceito, pronto! Foi amor à primeira vista! Esta história é muito bela e feliz... agora. Você é um veleiro maravilhoso... meu barco, minha viagem, minha caravela!

LAVADEIRA	É festa de casamento! Festa de casamento! Viva a felicidade deste momento! (VESTE UMA ROUPA DE JUIZ.) Senhor Barco de Papel, aceita esta Fada-Princesa em casamento?
BARCO	Aceito! Oh, como sou feliz!
LAVADEIRA	E a senhora aceita este Barco de Papel para viajar com ele para a viagem de lua de mel?
FADA-PRINCESA	Aceito... ora, com muito prazer!
MENINO	A Fada-Princesa e o Barco de Papel estão casados! É festa! Viva! Oba!

MENINO PEGA UM PENTE E UM PEDAÇO DE PAPEL DE SEDA E COMEÇA A TOCAR A MARCHA NUPCIAL.

LAVADEIRA	Não existe coisa mais bonita para enfeitar uma festa do que um varal! Vamos fazer um varal cheio de roupas de papel... e "brincar de ser feliz"!

PEGA ALGUMAS CRIANÇAS NA PLATEIA. AS CRIANÇAS SEGURAM PEDAÇOS DE FITAS COLORIDAS. COM PREGADORES, A LAVADEIRA E O RESTANTE DO ELENCO PREGAM ROUPAS RECORTADAS DE PAPEL NO "VARAL".

SOL	(ENTRANDO.) Um varal... que bonito!
FADA-PRINCESA	Ih, o sol está muito perto... vai queimar o nariz das crianças! (PEGA UM VIDRINHO DE CREME BRANCO DE BRONZEAR E PASSA NO NARIZ DAS CRIANÇAS.) Pronto! Vocês não vão ficar de nariz vermelho! O sol está muito forte!
SOL	Viva o Barco de Papel! Viva o rio de flanela!
MENINO	Viva o creme no nariz... (APONTA UMA CRIANÇA.) Olha só a cara dela!

LAVADEIRA Viva a nossa brincadeira!

FADA-PRINCESA Viva a dona Lavadeira!

BARCO Neste mundo de astronautas,
de foguetes pelo céu,
sempre pode haver viagens
de barquinhos de papel!

LAVADEIRA CORRE PARA O CARRINHO, PEGA FOGUETES DE PAPEL, BARQUINHOS, PAPEL PICOTADO, E JOGA PELA CRIANÇADA.

LAVADEIRA Neste mundo de astronautas,
de foguetes pelo céu,
sempre pode haver viagens
de barquinhos de papel!

QUEM FOI
SYLVIA ORTHOF

Sylvia Orthof, uma das mais criativas escritoras brasileiras de literatura infantojuvenil, nasceu no Rio de Janeiro, em 1932. Com 18 anos, foi para Paris, França, onde estudou teatro com Jean-Louis Barrault e mímica com Marcel Marceau, além de desenho e pintura.

De volta ao Brasil, atuou como atriz, no Grupo Artistas Unidos, de Paschoal Carlos Magno, no Rio de Janeiro, no Teatro Brasileiro de Comédia (TBC) e na TV Record, em São Paulo. Anos depois, mudou-se para Brasília, onde exerceu as atividades de professora de teatro na Universidade de Brasília e coordenadora do Teatro do Sesi.

Na área de dramaturgia infantil, foi autora e diretora. Em 1979, a convite da escritora Ruth Rocha, começou a escrever contos para crianças, publicados na revista *Recreio*.

Publicou *Mudanças no galinheiro mudam as coisas por inteiro*, seu primeiro livro infantil, em 1981. Escreveu cerca de 120 títulos para crianças e jovens, entre narrativas em prosa e verso, teatro e poesia. Recebeu inúmeros prêmios, tais como o Jabuti, APCA, FNLIJ e Menção Especial no catálogo White Ravens, da Biblioteca Internacional da Juventude, Munique, Alemanha, em 1996. Faleceu em 1997, em Petrópolis, Rio de Janeiro.

QUEM É
TATIANA PAIVA

  Tatiana Paiva nasceu na cidade de São Paulo, em 1977. Formou-se em Desenho Industrial / Comunicação Visual pela Fundação Armando Álvares Penteado (FAAP). Trabalhou como *designer* em agências de publicidade e atualmente trabalha como ilustradora *freelancer* para editoras, revistas e agências de publicidade. Já ilustrou mais de 35 livros, três deles publicados no exterior. Trabalha com técnica mista, no papel e também no computador.

  No comecinho de *A viagem de um barquinho*, aparece uma lavadeira que foi lavar sua roupa num lugar sem água; então ela resolve inventar um rio, que puxa de dentro de sua trouxa.

  Todo ilustrador é um pouco como essa lavadeira, que inventa um rio que nasce e vai crescendo em direção ao oceano. Neste livro, Tatiana também inventa um rio, entrelaçando outras imagens e outras histórias ao universo mágico de Sylvia Orthof.

Impresso no Parque Gráfico da Editora FTD
Avenida Antonio Bardella, 300
Fone: (0-XX-11) 3545-8600 e Fax: (0-XX-11) 2412-5375
07220-020 GUARULHOS (SP)

São Paulo - 2024